在复杂的世界里，
优雅淡定
做自己

凉 湫◎著

華文出版社
SINO-CULTURE PRESS

图书在版编目（CIP）数据

在复杂的世界里，优雅淡定做自己 / 凉湫著. -- 北京：华文出版社，2019.3
　　ISBN 978-7-5075-5077-1
　　Ⅰ. ①在… Ⅱ. ①凉… Ⅲ. ①故事—作品集—中国—当代 Ⅳ. ①I247.81
中国版本图书馆CIP数据核字（2019）第023235号

在复杂的世界里，优雅淡定做自己
ZAI FUZA DE SHIJIE LI，YOUYA DANDING ZUO ZIJI

著　　者：	凉　湫
出版策划：	范勇毅
责任编辑：	张　轶
出版发行：	华文出版社
社　　址：	北京市西城区广外大街305号8区2号楼
邮政编码：	100055
网　　址：	http://www.hwcbs.com.cn
电　　话：	总 编 室 010-58336239　　发 行 部 010-58336267　58336238
	责任编辑 010-58336195
经　　销：	新华书店
印　　刷：	固安县保利达印务有限公司
开　　本：	880×1280　1/32
印　　张：	6.5
字　　数：	115千字
版　　次：	2019年3月第1版
印　　次：	2019年3月第1次印刷
书　　号：	ISBN 978-7-5075-5077-1
定　　价：	36.80元

版权所有　侵权必究

前言

很多优雅、淡定的女子，无论是在什么样的现实环境里，都能把生活过得很美好。本书主要是从女性的视角去讲述有关男女情爱的故事。

虽然说女人的优雅、淡定，主要在心灵与修养，不过女人的幸福却主要来源于爱。在爱中修行的女人，在爱中得到成长的女人，在爱中得到完美的女人，同样能够让自己过得优雅、淡定。

优雅、淡定是一种特有的美丽，可以这么说，女人的美丽是多方面的，外表漂亮是一种美，活得漂亮是另外一种美，而外表漂亮又活得漂亮大概就是优雅、淡定了。

社会发展迅速，也冲击了人与人之间的关系，除去家族、亲戚等传统的家庭关系受到冲击之外，个体的人与人之间的关系也在发生着微妙的变化。从爱情关系来说，很多人变得更加独立，爱与不爱都是自己说了算，不再是父母之命、媒妁之言。而在这样的社会中，"女怕嫁错郎"这一论断虽然没有以前那么有绝对性，但是如何能够获得真爱，如何在爱中幸福，却因人们心中的渴望加强，而变得相对更加稀缺和困难。

在这个世界上的每个人对待生活里出现的各种事物以及状况，都有自己的处理方式：或勇敢前进，或望而却步，或开心度日，或郁郁寡欢。每一种方式的背后一定都存在某种情感，并在日积月累下发芽成形。这本书里一共有29个故事，有爱一个人时的感动和喜悦，也有离别时的淡然和优雅，可无论是什么样的故事，它都一定有你的影子。

希冀每个你，在看到自己影子的同时，都能从中得出生活的感悟和人生的智慧，从而让爱情像诗歌一样的浪漫，也能把生活安排得从容不迫、有条不紊，让自己变得更加自信和美丽，活成优雅、淡定、人人都钦羡的样子。

目 录 contents

第1章 要做一个活得恣意的女人

没有公主命，也要活得恣意一些	002
你拥有的，只是你自己	009
女孩，请自重自爱	015
过自己想要的生活，向妥协说不	021
对自己好一点，才有资格爱别人	029

第2章 你的生活不止眼前的苟且

你的生活你做主	036
努力的人生才会有完美的结局	042
一定有一个人值得你不顾一切	048
幸福的生活,来之不易	055
一见钟情容易,久处不厌很难	061

第3章 不要为了别人而改变自己

现实和梦想往往背道而驰	068
爱情和面包,同等重要	074
不要为了别人而改变,你该成为最好的自己	080
做自己,要学会拒绝	085
牺牲不等于幸福	093

第4章　好的爱情，就是顺其自然

姑娘，强扭的瓜不甜	100
陪你走完整个青春的人，才是你最该爱的人	105
爱或被爱，就在一念之间	112
示弱也是获得幸福的一种方式	119
我在你身边，却不在你的心里	126

第5章　优雅、淡定的底气，就是做好自己

不是每一次努力都有成果	134
没有追求，你将一无所有	140
幸好，你一直都在	146
女孩别认输	155

第6章　爱得美好，活得精致

心怀梦想的你很美	164
不公平是可逆转的命题	172
成功就是要踏踏实实走好每一步路	177
主动出击也许会有意想不到的收获	184
别为省钱去买打折的人生	191

后记　我们正年轻，无忧亦无惧　　　　　　　198

第1章
要做一个活得恣意的女人

没有什么可以绊住一个自由的灵魂,没有什么可以替代恣意的潇洒,那些情爱中的纠葛和烦恼,会让你变得小心翼翼、失去自我。所以,不妨放下心结,让自己做一个有独立灵魂的女人。

/在复杂的世界里，优雅淡定做自己/

没有公主命，也要活得恣意一些

有句话叫："没有公主命，也要拥有女王心。"

女人，你无论富有还是贫穷，都要让自己的内心充盈起来，这样才能慢慢地掌控自己的命运，活得更恣意一些。

女人，就算你没有公主命，也要成为努力奔跑的灰姑娘。只要你成功地穿上了公主裙，拥有了水晶鞋，即便生活惨淡，也可以以优雅的姿态站在你所爱的那个男人面前炫耀。你不会因为生活的打击而脆弱，反而会因为生命的残酷而变得更强悍，这样的你，才能够真正地掌控自己的命运，扬帆起航，成为更好的自己。

阿星是我的高中同学，她那时总穿着洗得发白、打着补丁的衣裤，她有点自卑，很害羞，不太和同学们一起玩，常常自己一个人待着。有同学嘲笑她的时候,她也不懂得如何反驳,只是憋红了脸,情绪看起来有点激愤。那时,她的学习成绩好,老师安排我俩坐同桌,有意让她辅导我的功课。

从那之后,我慢慢了解到,阿星的自卑多半来自家庭。爸爸妈妈重男轻女观念强,父母把家里的好东西都留给了阿星的弟弟,她得到宠爱极少,有时候甚至成了家人的出气筒,久而久之她越来越不自信了。

不过阿星很要强,即使家里是这样,她也从未一蹶不振。她学习上从未落后,除了帮家里做农活之外,就是学习,她希望有一天能够通过自己的努力,赢得父母的关注和宠爱。

但是阿星的母亲还是经常这样说阿星,"女儿迟早要嫁出去,早晚都是别人家的,学那么多知识有啥用?"

阿星的父母本没有打算让阿星去读高中,可是阿星的成绩好,被县里的重点高中录取,学校里知道情况后,与阿星的父母多番沟通,并答应减免阿星的部分学杂费,父母才同意让阿星继续读书。

或许就是因为这一点,让阿星更加懂得珍惜这得来不易的幸福。高中三年,阿星除了努力学习,还打零工供自己上学,小心翼翼地花每一笔钱。

对照着她的经历想想,我自己怎么也是做不到的,这让我从心底里佩服阿星，曾经的她就是我要学习的榜样。

能在那个年龄凭借自己的力量为自己争取未来的人真的不多，这让我对她的关注更多了一些。我们俩的关系也更亲密了。

高二，阿星对我说她喜欢上了隔壁班的一个男生——白汀。

那时候，喜欢白汀的女生很多，白汀虽然不是很帅，却在各方面都很优秀，会打篮球，会弹钢琴，学习也不错，俘获了不少女生的芳心。不过那时候的阿星很害羞，喜欢他的这件事被她深深藏在心里。可再小心翼翼也有被人发现的一天，同样喜欢白汀的另外一个女生把阿星偷偷看白汀的相片贴在了黑板报上。

几乎是在一夜之间，阿星成了同学们茶余饭后谈论的对象，原本心灵就比较脆弱的她患上了自闭症，甚至还有了退学的念头，好在我一直都在劝她，有些事情迟早都会过去，等过段时间就会好了。

外表软弱的女生，内心却有一股强大的力量，自强不息的人终会赢得尊重。阿星在期末考试里获得了一笔奖学金，这可能是她长这么大第一次拿到那么多钱，有了可以自己处置的钱，她兴奋地拉着我要去逛街。

女人可以长得不漂亮，可是总要学会打扮，人变美了，也就会有更多的自信，就算生活把她磨成了一个扁平的没有个性且无趣的人，可自己却应当让自己丰富起来，让生活充满了精彩才对。

阿星在我的建议下，买了两件新衣服，还买了一条垂涎已久的项链，虽然花了不少钱，可是阿星很开心，她似乎很想知道白汀在看到她后，会是什么样子。只可惜，等我们回到学校，却遇到了之前偷拍她的那个女生，她污蔑阿星刚买的项链是她丢的，闹得宿管阿姨都来一起帮腔。

无论阿星和我怎么解释，就算拿出购物发票都没用，人心怎么能这样呢？后来，这件事闹到了教导主任那里，阿星被叫到办公室教育了一顿，教导主任还让她写检讨书。

我也替阿星觉得委屈，帮她请了假，带她去我家调整心情。我俩躺在床上，她一直哭着问我，是不是人穷连梦想都不配拥有，只能任由像黑洞一般的社会把她吞噬。她一直都想改变这样的生活，却始终没有办法。

现在回想起来，那时候的我根本不知道什么梦想，若是放到现在，我一定会告诉阿星，只要坚持自己的信念，就算这个世界不公平，你也会找到一个权衡世界和自己的支撑点，把自己漂亮地推荐给所有人，这样的自己值得被大家喜欢。

回学校后，阿星准备把写好的检讨书给教导主任，刚好看到了白汀在主任面前帮她解释，说那天他和几个男生就在对面的奶茶店，拍了照片为证。有了他人的力证，刁难她的人才消停了，阿星也算洗脱了自己"小偷"的嫌疑，也因为这一点，白汀和她关系变得亲近起来。

或许是因为和白汀在一起，阿星整个人开朗了不少。

高中毕业后，阿星和白汀考入同一所大学，大学要比高中更加辛苦，阿星却因为白汀而从未有过一丝想要放弃的念头。只是我和她分开后，没怎么见面。不过，我可以看得到她的朋友圈发的近况照片，越来越自信的样子，看起来好美。

大三，白汀把阿星介绍给父母，可他母亲嫌弃阿星的家世，认为阿星配不上白汀，极力反对他们交往。为此，阿星做了不少改变，希望能够让白汀的家人转变想法，却丝毫不管用。大学毕业前，阿星不忍心白汀在她和母亲之间左右为难，离开了白汀独自去北京北漂。

阿星不分昼夜地拼命打拼，北漂的日子不好受，她整个人都到了崩溃的边缘。

那时候，她一直都觉得自卑，始终没有办法站在白汀面前。她逼着自己变得更加优秀。

我知道了这件事后，怪阿星太傻，我很想看到她振作起来的样子，不能因为失去了一个男人就好像失去了全世界，毕竟如果他真的不在乎，受伤的只有自己。更何况，就算想让自己变得更加优秀，也不能选择折磨自己这种方式。

那年春节前，阿星接到母亲的电话，让她累了就回家。阿星以为这些年母亲对她的态度也变了很多，就高高兴兴地回了家。可她才到家，就被母亲拉着去了别人家，进了门才发现，这根本就是预谋好的相亲。相亲对象是二婚中年油腻男，品性不好，前妻抛弃了他，选择了离婚。这样的一个人，阿星又怎么会愿意为了他毁了自己的一生？

只可惜，从母亲的口中说出来的话，让阿星更加心凉。母亲说，阿星的弟弟要上高中了，家里想给他选一个好学校，需要择校费，相亲对象能给不少彩礼，这个对象家底不错，（嫁）过去也不吃苦，像阿星这样的条件，能嫁这样的人家已经很好了！

阿星苦笑，她这么努力，不是为了嫁给一个自己根本不喜欢的男人；她这么努力，不是为了被亲戚朋友踩在脚下；她这么努力，又不亏欠别人，不只是想要当一个优秀的人，更想活成自己想要的模样。

阿星也并不只是不甘心，只是她知道，没有爱情的婚姻是长久不了的。

第二天一早，阿星离开了家，从那之后，只有逢年过节给家里打些钱,她再没有回过家。

经过四年的努力,加上老板的赏识,她逐渐从一个打杂的小人物坐到了项目总监的位置。阿星的生活变得越来越好,还用赚来的钱买了一套房子。

阿星约我去她的新家。坐在阿星新家里的沙发上,我劝阿星主动和白汀联系,两个人都有心的话,总要有一个来打破僵局。阿星忍不住这些年的思念,把白汀从黑名单中拉出重新添加好友,并且发了一条"好吗"过去。几乎是在同时,白汀给她回了消息,阿星觉得,他熟悉的声音说出的那句"我一直在等你"竟然那么好听。

经历过时间的洗礼,岁月还是把阿星和白汀拉到了一起,灰姑娘怎么就不能拥有自己的幸福,漂亮地站在王子的面前呢?透过阿星闪烁的泪光,我看得到她幸福的未来。

虽然每个人都不能选择自己的出身,每个人成长的过程都有不少艰难险阻,但如果阿星因为自己是女孩而只知道温柔不知道坚强,因为自己不被宠爱而只埋怨命运不公,忘掉了努力,那么她就不可能取得想要的幸福。事实上,无论你是谁,羡慕别人都不如自己努力;想要过上恣意的生活,你就得披荆斩棘,克服命运对你的不公。

你拥有的，只是你自己

爱得太卑微会让人在爱中迷失，忘掉自我。或许，"忘掉自我"是真爱的表现之一，但当以爱的名义把幸福全部寄托在他人的喜乐上时，其实你已经失去了真正的快乐。若他不爱你，留给你的只有悲凉。依靠男人的女人最后都会丧失自我，依靠自己的女人才能活得潇洒。

2016年年末，我的同事肖晓做了人流手术。

从做手术到出院的前一天晚上，肖晓的丈夫没来看过她一眼。那晚，她抱着枕头向我哭诉，其实她一直都知道，丈夫在外面有了外遇。结婚后，丈夫经常嫌弃她没主见，人懒散，只知道黏他，久而久之，她的丈夫在她的身上只感受到了无穷无尽的压力。这让他不想回家，便常常夜不归宿，偶尔回来时身上还有一股很浓的香水味，那时她就知道丈夫出轨了。

结婚后，肖晓就"十指不沾阳春水"，很少做家务，任何事情都听从丈夫安排，从未想过离婚。她以为或许过段日子就好了，没多久，她竟然发现自己怀孕了，可丈夫却让她打掉。她心如死灰，因为她得知了另一个消息，丈夫外面的女人快生了。她从没想过为了别的女人，丈夫竟然如此决绝。

我和曲涟去看肖晓的时候，她眼睛哭得红肿，低着头，声音沙哑地问我俩："你们说，为什么会这样？以前我黏他的时候，他总说我可爱，而如今，这可爱却成了他厌倦我的理由？"

肖晓或许不懂，女人不需要多么艳丽的外表，简单、干净、温暖，如此甚好。你是女人，你得为自己漂亮地活着，不迷茫，不依附，有自尊，独立，才能绽放你最大的光彩。你依附男人久了，就再没有当初的新鲜，久而久之他便会远离。

她这个样子令我们都替她惋惜，不知道从何说起。曲涟和我都陷入了短暂的沉默，我想起了发生在曲涟身上的一些事情。曲涟好似也想要用自己的故事激励肖晓，沉默过后，她说起了她的曾经。

曲涟从小在家里很受宠，衣来伸手饭来张口，这样的她，上学后很容易就对他人产生了依赖性。同寝室的沈徕是那种很会照顾人的女生，什么事都会替她着想，于是曲涟就很信任沈徕，从来都没有怀疑过她们之间的姐妹情。

后来，沈徕对曲涟说，她喜欢同专业的男生丰毅，可丰毅当时已经有了喜欢的人。沈徕为了丰毅茶不思饭不想，日渐消瘦，曲涟因为抱不平，竟然跑去骂了丰毅一顿，还让丰毅喜欢的女生不要再纠缠他。可是这件事的视频被人放到网络上以后，曲涟背负了"精神病""悍妇"等骂名，而好友沈徕却躲了起来。曲涟一时无法面对自己认真对待的友情换来的竟然只是一场"笑话"的事实。曲涟说，从那以后，她不怎么敢用真心去交朋友了。

一个女人成熟的标志，是学会独立，学会微笑，学会丢弃不值得的感情。只可惜那时候的曲涟还没有深刻地认识到这一点，只是她远离了沈徕，不想再被欺骗。

复试后，曲涟突然对我说丰毅向她表白了，我感到很惊讶。

因为沈徕的事情，丰毅对这个看似疯疯癫癫却真心对人的曲涟产生了好感。在沈徕冤枉曲涟偷她东西的时候，丰毅站出来帮她解围，还拿出了沈徕和另一个人聊天的内容。

丰毅的出现让曲涟觉得十分意外，众人走后，丰毅向她表白了，他说他很喜欢曲涟当时骂人的那种泼辣劲儿，这样能够为朋友两肋插刀的女生弥足珍贵。从好奇到喜欢,丰毅在意曲涟很久了,他绝不会主动放手。

大四毕业前,曲涟和丰毅真的在一起了,并且见过了双方的家长,感情如胶似漆,很让人羡慕。

曲涟结婚后,待在家里做全职主妇,每次和她通电话,她说的也都是家长里短。安稳的生活让曲涟失去了对外界事物的兴趣,每天除了看电视、睡觉,只剩下对着天花板发呆。她没有工作,靠着丰毅赚钱养她。她越来越依赖丰毅,却忽略了丰毅的疲惫和厌烦。

结婚第三年,丰毅出轨了。曲涟气急败坏地对丰毅又踢又踹,丰毅淡然地看着她,就像看着一个无理取闹的人。曲涟想要挽回丰毅,可丰毅的冷淡,渐渐让她心如死灰,最终他们的婚姻以离婚结束。

从民政局出来,曲涟问他为什么要放弃他们之间的感情。丰毅带着不满的情绪控诉:"结婚后,我每天都很累。你只会依赖我,每天都待在家里,不出去工作,也从来不会主动做家务,我太累了。"

曲涟知道自己的问题,但她以为,丰毅喜欢她,就会喜欢她的全部。丰毅走之前告诉曲涟,没有一个男人会喜欢不自立的女人。

离婚后，曲涟浑浑噩噩地过着日子。

作为一个女人，无论是从精神上，还是从能力上，都要学会独立。精神独立，就是人格独立，用胡适的话来解释，就是不盲从，不趋炎附势，有独立的思考能力。能力的独立，不单单是能够给自己带来物质的依靠，更多的是它能够让人有选择的权利，能够独立安排好自己的生活，能够让身边的人觉得安心。能独立的女人，才是一个具有人格魅力的女人。一味依赖丈夫，只会把他从你的世界中越推越远。家是需要两个人用心来经营的，不是一个人的战场，作为女人，你不能成为婚姻的旁观者。

从噩梦中清醒过来，曲涟才知道自己一直都是不独立的人，她需要重新进入社会，重新进入职场，以后的生活要独立地走下去。曲涟振作起来后，我把她介绍到我所在的公司来上班。一开始她不懂人情世故，现在我已能从她的身上看到知性女人的风范。她的努力都没有白费，就像蜕变过的蛹，破茧成蝶。

曲涟升任总经理后不久，就和追求她的上司在一起了，从此过着自信潇洒的日子。

不知道是不是曲涟的故事起了作用，肖晓出院后和丈夫离了婚，去做了山区志愿者。

后来我得知肖晓和支教的小学老师结婚了,两个人的生活虽然艰苦,内心却是充实的。

　　通过肖晓和曲涟,我知道,在这世界上,没有人会让你永远依赖,你拥有的,只有你自己。只有懂得自强自立,你才能收获别人的尊重和爱。

女孩，请自重自爱

善良不是笨，不是没有原则地原谅他人的一再犯错；也不是被人伤害后，只得到一句毫无诚意的道歉，就心软回头，把过去所经历过的失望都抹掉；更不是无论多少次都学不会拒绝别人，即使自己已经伤痕累累。

请做一个能够保护自己的善良女孩吧，做一个不再为不该爱的人流一滴眼泪的善良女孩。

女人，要学会多爱自己。如果你连自己都不爱，又怎么能好好去爱别人？因为爱自己，才能更自信；爱自己，才能更优雅；爱自己，才能不受伤害或者少受伤害。不要为了一个不爱你的人去伤害自己，那不是爱，是傻；更不要用别人的不爱来折磨自己，那不是爱，是蠢。

自尊、自重、自爱,是你的必修课。

大学时,我上铺的妞妞是一个典型的女汉子,跑起步来腰上的肉能甩出一阵波浪。大二的时候,她不知道用什么手段,竟然俘获了小我们一届的男生唐朝晖。

那时候,妞妞恨不得把心都掏给小唐,大概是因为觉得自身的条件不好,配不上小唐,在恋爱里她始终处于劣势,每天变着法讨男友欢心。

省里在我们学校办舞蹈大赛,学校要各班辅导员选几个人去参加比赛,原本妞妞绝不会有参与这类活动的念头,但唐朝晖快过生日了,他许愿希望妞妞能去参加舞蹈比赛,把好成绩作为给他的生日礼物。妞妞像中了邪,不顾我们的劝说,偷偷报了名。

海选当天,所有人都以为是不公开的,可到了现场才知道是现场表演。我看着妞妞站在台上,腿在打战,她在台上扭腰摆臀的样子,还真是尴尬。从台上下来,妞妞哭着问我,是不是真的很丢人?我只能安慰她说:"我看到了一个灵活的胖子。"

这件事过后,妞妞在校园里总是能够看到有人对她指指点点,还有人跑到她面前喊她"胖妹",妞妞顿时成了校园里的风云人物。我以为小唐会说一些安慰妞妞的话,可他却对别人说:"我可没让她去,是她自己要去的。"

唐朝晖明摆着并没有把妞妞放在心上，我甚至都怀疑他和妞妞在一起的目的。也许是为了补偿那晚的"言不由衷"，唐朝晖对妞妞的态度开始一百八十度大转弯。玫瑰花、饰品、毛绒玩具、爱心早餐，每一样都能让妞妞幸福到上天，她脸上的笑容多了起来，就连别人叫她"胖子"时，她都能笑出声。

还没来得及为她高兴，妞妞却得知了唐朝晖和她在一起的目的。为了给唐朝晖庆生的妞妞跑去唐朝晖的宿舍，舍友说唐朝晖和朋友出去泡吧了，妞妞沿着学校周边一家家找，终于看到酒吧包厢里和美女拥抱在一起的唐朝晖。

靠在唐朝晖怀里的女生娇柔地戏谑他："你是不是真的喜欢上了那个胖子啊？"唐朝晖揉着女生的头发，说："你觉得我的品位那么差？要不是因为和朋友打赌，怎么可能对她告白？结果她还真把自己当成我女朋友了，我有什么办法？"

妞妞气得手一直在抖，却依然没有勇气推开那扇门和唐朝晖对峙。

"不过那丑女人也挺好的啊，你看她给我收拾屋子，给我洗衣服，还能逗我笑，就算是生活的调味剂嘛，也不错。"唐朝晖半开玩笑地和其他朋友戏谑着，"如果你们有这样的一个免费劳动力，是不是也挺高兴的？"

妞妞没听完就落荒而逃。那天，她把自己灌得烂醉，是我找人连扛带扶，把她弄回了宿舍。从那天起，妞妞一周没有出门，等终于缓过劲，她强忍着心中剧痛和我说她要分手。我十分赞同。只可惜，那天她冷着脸出门，却红着脸回来了，我心觉事情有变。还真没想到，唐朝晖为了哄妞妞开心，竟然解释说那些话都是开玩笑的，还深情地吻了她。那是妞妞的初吻，她无比珍惜，对唐朝晖的所有怨气也都消失殆尽。

对于爱情，很多女人是盲目的，被爱情冲昏了头脑，智商降低到零。妞妞更是如此，明明已经受伤，却还丧失了所有的判断力，义无反顾地再次相信了唐朝晖的鬼话。

好日子没过多久，妞妞期待的"浪子回头金不换"只持续了几天，她的"金不换"又和人劈腿了。我劝妞妞不能再拖泥带水，一定要和唐朝晖做个了断，只可惜妞妞见了唐朝晖就失去了自我。当时我不理解妞妞究竟是有多爱那个男生，才一而再再而三地容忍唐朝晖的欺骗。从那之后，唐朝晖永远都是做错了事就道歉，妞妞心软就会原谅，反反复复。

大四快毕业，唐朝晖的小情人挺着肚子来找妞妞摊牌。见了那个女人之后，妞妞竟然第一次那么淡定地躺在床上不哭不闹。那次她是彻底被伤到了。毕业后，妞妞拿了毕业证，从此消失，我再也没有见过她。后来听说,唐朝晖和小情人分手了,在学校闹得沸沸扬扬,不过这已经和妞妞没有关系了。

毕业后,我也谈了一场恋爱,男方比我条件好很多,在感情里我也充当了妞妞的角色,多少有点自卑。圈子里的朋友对我说他品行不好,我并不相信,直到亲眼看到他搂着另外的女孩笑,才知道我的爱那么可笑。

失恋后,我随便找了一家酒吧想把自己灌醉,一杯杯地喝酒的时候,我想起了妞妞,终于理解了妞妞的感受。被人伤害后,还愿意以爱的名义原谅他,我竟然也变得这么不自重。

喝多后,酒吧里唱歌的女歌手下来抢走了我的酒杯,熟悉的声音叫嚣着:"拿出当年你教育我的姿态来,喝这么多酒,就能解决问题吗?"恍惚间,我面前这个A4腰的美女怎么那么像妞妞,我一下变得清醒,没想到在这里见到了许久不见的妞妞。

妞妞的变化很大,瘦下来的她很漂亮,若不是胳膊上的胎记,走在大街上我也不敢认了。站在她身边的男生眼神专注地看着她笑,妞妞是越变越好了,我却越活越失败。

妞妞把我拖回了酒店,我抱着她一直哭一直哭,哭着睡着了,醒来后妞妞已经离开。放在床头上的电话里存着妞妞的新手

机号码,还有她留给我的一条信息:

你曾经告诉我,人只有自重自爱,才会得到别人的尊重和爱,现在这句话我送还给你。你是我最好的朋友,我也希望你变得更好。女人都要懂得,在任何时候,都不要为了一个负心的男人伤心,因为那样伤的只是自己。如果男人无情,你根本伤不到他,所以请收拾悲伤,好好生活。

我似乎从妞妞灿烂的笑容里,看到了过去的我们。当年我劝她,现在她劝我。

我们总是教人相信爱情,可是并不是说要相信那个一次又一次背叛你的人。人总会找到属于自己的幸福,而在那之前,你需要好好爱自己,才能听到爱情来临的声音。

真正的爱只属于懂得自尊自重又自爱的人。真正懂得爱的人,既会爱自己又会爱另一半的人,才能得到持久的爱。

过自己想要的生活，向妥协说不

人生在世，不管你选择哪一条路，总会有人对你品头论足，你永远无法做到让所有人都开心。追究其中的原因，开心与否，只有自己知道，只能自己承受，所以不要向任何人、任何事妥协，过自己想要的生活，成为你想要成为的人。

长大后，我们为了生存变得圆滑世故，变得容易妥协甚至变得不像自己，你要知道，从你第一次妥协开始，那就将是永无止境的，你要知道自己要什么，学会和生活说不，向妥协说不。

对于现代的很多人来说，相亲虽然是一个能够快速找到生命中的另一半的方法，但是已经不是唯一的方法了。而且，相亲对于通信方便的现代人来说，慢慢地快要变成一个老传统一样的存在了——也就是说年轻人找对象，已经有很多方法可供选择了。

我的闺蜜可儿在第一百零一次相亲失败后,和家里人大吵了一架,背了个包离家出走。临走前,她找到我,让我资助她点钱,还要我帮她打掩护,不要告诉家里人她要去南京。把可儿送到机场,看到她过了安检,我心里很为她开心,她总算是学会了"生活"。

我这个闺蜜,什么都好,就是有点懦弱,很少为自己活过。从童年开始,她就被她妈妈逼着学钢琴、二胡、琵琶,过着被规划好的日子。她十分羡慕我们这些小朋友,可以不用学这些,在阳光下享受童年的快乐。

毕业后,可儿想出去闯荡,家里人说女孩子在外面太辛苦,帮她在老家托关系,进了一所中学当老师。在学校,可儿认识了和她一样教艺术的白先生,俩人兴趣一致,很快就走到了一起。

可儿想把白先生介绍给家里人认识,母亲打听到了白先生的家世后,坚决不同意可儿嫁给他。母亲嫌弃白先生个头矮,家里条件不好,又觉得他没有前途,可儿跟着他一辈子就毁了。可儿争不过母亲,因为母亲说死也不会同意,可儿怕母亲真的自杀,只能妥协。

和白先生分开后,奶奶介绍了一个对象给她,对方是个双料博士,叫李昊,人长得一般,但聪明机灵,最重要的是家里有钱，在寸土寸金的上海有两三套别墅不说，还有很多产业。对比李昊家的优渥条件，可儿家不过是个小康家庭。

可儿并不喜欢李昊，李昊却很喜欢可儿，总是给她送礼物，出手一向阔绰。可儿母亲见状很欢喜，逢人就喊李昊为女婿，还开着李昊送的豪车在众人面前大秀了一把。母亲得意炫耀的样子，让可儿在李昊面前越来越直不起腰来。

可儿跟母亲商量，她不想跟李昊在一起，话说一半，就被母亲否决："你不想跟李昊在一起，难道是还想跟那个姓白的穷小子在一起吗？李昊家多好啊，跟他在一起，你的生活才有保障。"家里人轮番上阵劝说，可儿无从反驳，只好一再地妥协，答应和李昊交往。

来自亲朋好友的一句句"为了你好"，成了把可儿推向深渊的诅咒，她自己还没有意识到，不懂得拒绝的性格，正把她推向命运的深渊。她从来都没有想过，一句"不"真的有那么难，坚持自己的初心有那么难。

可儿和李昊交往的第二年春天，他们结了婚。婚后生活过得还不错，她和李昊的父母一起住，虽然偶尔会有些口角摩擦，但可儿想着忍忍总会过去，彼此之间也算是相安无事。春节走亲戚，李昊的家里来了很多人，可儿顿时忙得不可开交。人多了洗菜做饭的活就特别累，可儿发着烧，弄了一会儿，实在坚持不下去就和婆婆商量，要不她出钱招个钟点工过来做做饭。话还没说完，婆婆的态度突然变得凶狠："发烧怎么就不能做了，你还没死吧？你要搞清楚，你嫁到我们家可不是来做大小姐的。"

可儿听着耳边的漫骂声，一气之下买了回家的车票，家里人却连半句安慰的话都没说，还指责她不懂事耍小姐脾气，那么大人了怎么能跟婆婆生气。家里人的不体谅让她懂得了"嫁出去的女儿泼出去的水"这句话的真正含义。

可儿在家并没有待多长时间，就被她母亲连轰带喊地赶回了婆家，本以为李昊会出来说点好话给彼此留点余地，没想到他见到她的第一眼，竟说出了"以为你会死在娘家"这种话来。可儿自己回来的，不想吵架，也就没有再争执。

不久，可儿发现李昊有了外遇，而更令她吃惊的是，李昊的外遇对象，从他们结婚前就一直和李昊在一起，只是李昊家里不同意。和可儿交往，也只不过是因为她性子软，家里人又爱面子好拿捏，李昊便把她拿来当作挡箭牌。

那是可儿第一次兴起离婚的念头，以往无论受到什么样的委屈，她都没有想过，有一天她也会走上这种绝路。可儿把这个想法告诉了父母，原本以为在这种大事上，至少能得到家里人的支持，可没想到，可儿的母亲动员所有的亲戚，劝她不要和李昊分开，还向她灌输了一堆离婚的危害。

原本可儿还是坚持想要离婚，可这事出现后，李昊的母亲对她的态度改善了很多，几乎是有求必应。无非是因为李昊在公司的地位还不稳固，李昊的母亲知道，一旦出轨的形象落实，会对她儿子的事业造成很大的影响。为了不让这件事毁了李昊的前途，她只好努力讨好可儿，让她不要提出离婚。

再加上李昊私下也向可儿保证，不再和外面的女人联系，可儿再一次选择了妥协。

安稳地过了一阵子，大概半年后，可儿又看见那个女生，挺着个大肚子，身边还跟着李昊，这时，她再也没强忍自己的委屈，和李昊大吵了一架。

婆婆见这事无法再挽回，态度也就和之前大相径庭，不再说好话，还主动提出了让可儿和李昊离婚。可儿从婆婆的口中得知，原来李昊家所有人都知道，他和那个女人一直都保持着联系。

可儿离婚了，她并没有通知家里，因为她知道家里不会有人站在她这一边。她办好了一切手续后，就回了娘家。一开始，家里人都不相信，母亲连哭带骂，让她回去复婚。这一次，她选择了关上卧室的门，隔绝外界的一切声音。

几天后,家里人见离婚这事已经不可挽回,也没有再在可儿的面前提起关于李昊的任何事,消停了好一段时间后,又开始给她安排相亲。可儿想拒绝,却被她父母硬拽着去见了对方,看着父母为她的事忙前忙后辛苦的样子,她也没再反对,就这样开始了一场接着一场的相亲之路。

可儿相亲的次数越来越多,大多都是无疾而终。经历过李昊那件事后,可儿对婚姻还留有恐惧,她没有办法真正对人敞开心扉,更重要的是,她也没能遇见一个她一眼就觉得想和他过一生的人。每逢这种时候,母亲总是数落可儿:"你以为你是什么天仙吗?你年纪都这么大了,又离过婚,凑合过就行了,哪来那么多不喜欢!"

可儿被母亲的话刺得伤心。

母亲有一次说起可儿曾经的男朋友白先生——白先生已经成为市里的教育标兵,很多人都慕名而去找他学习——话是这样说的:早知道就让可儿和他在一起了。

"早知如今,何必当初",母亲的话像是压死骆驼的最后一根稻草,可儿这才意识到自己真的无路可退,走到悬崖边的自己,总要做一个抉择,不然她一辈子都会沉沦于此。生活的出路,无非就是向前,可儿的幸福已经被母亲耽搁了这么多年,她

第1章 要做一个活得恣意的女人

想勇敢地迈出这一步,于是选择离开,去了南京。

刚到南京,可儿生活得不大好,工作没着落,日子过得十分拮据,但在她给我打电话时的语气中,我听出了她的兴奋之情。选择对了,好日子总会来。可儿把自己曾经喜欢的摄影捡了起来,并经过朋友介绍,把这些年拍的照片放在了网上,得了不少网友的点赞和评论。可儿在网络走红,不仅出版了摄影集,成为当时摄影圈内的热门,赚了不少钱,还开了一家工作室,事业也算是有点小成。

可儿总算摆脱了母亲的那些"不可以",没有了"不可以"的枷锁,可儿活得很自在,她终于过上了自己想过的日子。其实,你想要什么样的生活,就得朝那个方向发展,不去拼搏一下怎么知道自己不可以,如果你不去拼不去努力,一辈子可能真会就那样算了,过着你自己不喜欢的人生。

白先生从网上看到了可儿的相片,主动联系了她,可儿终于敢直视自己的爱情,和白先生走到了一起。

我很喜欢一个词,想把它送给可儿,这个词叫"倔强"。"倔强",不是顽固,也不是盲目。它不过是一种方式,不愿妥协,坚持自我。做自己想做的事情,再渺小,再微弱,也会有希望存在，也会有梦想去追逐。我们永远都要保持倔强的姿态，骄傲地活着……

曾经有一个教授做过一个实验，让学生们回答假如必须舍弃掉身边的人，留下的最后一个是谁，很多学生没选父母孩子，选的是爱人，也就是说大多数人在心里认为爱人是人生中最重要的人。既然人生中最重要的人是自己的爱人，想要过属于自己的人生，就要在选择爱人时有敢于说不的勇气。

人只活这么一遭，该经历的都要自己去经历，想得到的都要自己去尝试。每个人都应该过自己想要的生活，要自己为自己做主，不要为了任何原因妥协。

对自己好一点，才有资格爱别人

每个人都应该在爱他人之前，先学会怎么爱自己。

因为你若是一味地对别人好，得到的更多的是别人的轻视，当你学会对自己好，不会因别人的想法而委曲求全时，才会让别人重视你的付出，才会在爱别人的同时也能够得到别人的爱。所以，不要再盲目地爱别人，如果你怕失去爱的人，不如先试着好好爱一下自己。

不过话说回来，其实，很多人的第一堂恋爱课，都是从付出和受伤开始的。

我也一样，我是大学时代谈的恋爱，那场恋爱始终让我觉得自己不够优秀，总是先去考虑他的心情，把自己放在最后，却也没有换来一个好结果，最终还是只能遗憾分手。

分手的那天晚上，我一个人喝了很多酒。辅导员琳琳怕我想不开，来找我，说了一箩筐道理。我对她的说教一点儿都不想听，态度十分不敬地冲她大吼："你懂什么？你经历过这些吗？"我向琳琳哭诉，把所有的委屈全部倾倒出来，琳琳始终陪在我身边安慰，可是安慰的话我一句都听不进去。

第二天醒来，我为头天晚上的失态主动向她道歉。琳琳说她一点儿也没生气，反而安慰我："我以前和你一样，因为没有安全感而感到自卑，你若想要改变，就要从自己身上下手。"

我很难想象，像琳琳这么优秀的老师，聪明，长得漂亮，还有专属于她的独特的气质，这种女神级的人物，怎么可能经历过我这种悲哀？看到我疑惑不解的表情后，琳琳给我讲述了她的经历。

琳琳生活在富裕的家庭，父亲是公司的老总，母亲是大学教授。她从小就是被人捧在手心的小公主，可她却不想过这样的生活，和父母商量后，上高中的时候，琳琳选择了一所普高，希望可以找到自己的一片小天地。

因为一次发烧，琳琳结识了对她关心备至的梦妮，为了感激梦妮，琳琳把自己的所有东西都和梦妮分享，她们很快成了无话不谈的好友。好朋友在一起也会产生摩擦，琳琳珍惜和梦妮的感情，每次都会忍让，有时候为了讨好梦妮，还会在她生气之后送一些小礼物。

不知道从什么时候起，琳琳有了一个"富婆"的称号，关于她的风言风语也越来越多。尽管琳琳对这个称号很抵触，却依旧从没有拒绝过其他同学的"要求"，努力地扮演好自己的角色，希望可以得到更多同学的喜欢。

高二下学期，琳琳喜欢上了身为班长同时还是她同桌的齐屿。齐屿学习成绩很好，经常辅导琳琳的功课，在琳琳的眼中，齐屿就是那个身上会发光的太阳，他的光芒能把她整个人都照耀到。但琳琳想对齐屿表白之前，无意间在梦妮的书桌里发现了一封梦妮写给齐屿的情书。为了梦妮，琳琳只能把自己的情愫掩藏起来，还时常给梦妮和齐屿制造单独相处的机会。

琳琳以为这样会维持她和梦妮的友情，却意外听到梦妮和另外一个同学说，她接触琳琳无非都是因为琳琳有钱，愿意给她买东西，不然她才受不了琳琳那种黏人的性格。后来，琳琳听同学晨晨和她说，自己之所以在班里交不到朋友，都是因为梦妮到处说她的坏话，说她假清高、烂好人。

琳琳内心受到了伤害，她不知道因为自己的"慷慨"，变成了别人伤害自己的理由，原来对别人好也要有度，超过这个度，让别人对你一味索取，她反而不会把你当作真正的朋友，只是来利用你。友情对于学生时代的我们来说，是除了亲情以外获得温暖的最佳途径，但却因为被我们过分重视而使自己受到了更大的伤害。这也许是成长，但是对于年少的我们还是一次不小的打击。

高中毕业后，琳琳考上了北方的大学，和高中同学断了联系。大学时候，琳琳谈了一个男朋友，优秀的男朋友让她变得有点自卑。她为了爱情全心付出，恨不得把整颗心都掏出来，可是还是没有走到最后。分手后，琳琳从前任的朋友口中得知，琳琳对他的好让他倍感压力，他承受不了了，所以才分开。

一段友情和一段爱情的失败，让琳琳感到迷茫，她不知道应当如何与人为友，琳琳觉得，爱一个人好难、人心太难测，与人打交道的尺度太难拿捏，她宁愿一个人走，一个人生活，于是她变得越来越孤僻。

大学毕业后，琳琳回到家乡工作，和齐屿重逢。齐屿常常约她出去，细心体贴，琳琳高中时代的懵懂爱情被唤醒了。他们决定在一起之后，齐屿和她坦白了一件事情。实际上，高中时候齐屿就很喜欢琳琳，只是他不知道为什么琳琳一直把自己推给梦

第1章 要做一个活得恣意的女人

妮，为了接近琳琳，他只能装作和梦妮关系不错。梦妮和琳琳分道扬镳后，齐屿再没和梦妮有过任何交集。

琳琳很后悔，她始终觉得是自己不够优秀，不会有人喜欢这样的自己，才会错失了齐屿这么多年。好在，时间并没有让他们错过，相爱的人永远都会在一起。

齐屿的话让琳琳很感动，你都不喜欢自己，别人又怎么会喜欢你、欣赏你呢？不过，好在齐屿喜欢的一直都是这样的琳琳。

似乎是因为这句话的存在，琳琳从那天开始蜕变，有了自己的个性，有了自己的喜好，让自己努力变成那个心中最完美的自己，在成就自己的同时，也带给周围的人更多的欢乐，收获了更多的友情，巩固了自己的爱情。

没多久，我参加了琳琳和齐屿的婚礼，交换完戒指，她把捧花塞进我的怀里，笑得灿烂如花。

就在那一刻，我想起失恋那天她温柔的声音："有的时候，你对别人无底线得好，只会让别人更加轻视你，他会觉得他对你怎么样都没关系，反正最终你都会去迁就他。所以你要记住，永远也不要为了别人而委曲求全，要相信你就是最好的你，别人不喜欢你，是他这辈子最大的损失。"

婚礼结束后，宾客都离场了，看着她挽着齐屿的手臂坐上婚车，眉梢眼底都写满了幸福，我更加懂得了琳琳讲给我的道理：人只活这一世，无论怎么样，我们都应该对自己好一点儿，因为只有这样，才有资格爱别人，也才有资格享受被爱的温暖和感动。

第2章
你的生活不止眼前的苟且

"生活不止眼前的苟且,还有诗和远方"。虽然诗和远方离你我很远,但是无论怎样,不要只是苟且地活着,不能认命,不对厄运投降,不向现实妥协。生而为人,就应该对美好的世界充满想象,勇于追求内心世界的满足。

你的生活你做主

每个人生来都有选择的权利。人们常说,生活是自己的,靠人不如靠己。我们不能预知将来,但我们能努力活好当下,活出自己的风采,过想过的日子,不要让自己留下终生的遗憾。我常常发现那些能够靠自己打拼一番事业获得成功的人,自带光环。

那年高考成绩下来后,因为报考志愿我和父母起了冲突,一气之下我跑去表姐柠檬家,把我的委屈告诉了她。本以为柠檬会站在父母那边,可她却认真地对我说:"有些事情,你必须自己做主。"

柠檬比我大十岁,她当年就因为"自己不做主"而错失了太多的机会,回想当年,她追悔不已,可有些机会错过了就是错过了，就算后悔也没有办法重走回头路。

当年的柠檬无论是在老师眼里，还是在家长面前，都是乖乖女的形象，没有叛逆，也不会反对，完全听从别人的安排。父母不喜欢她夸张的装束，她就穿得规规矩矩的；父母不喜欢她追星，她就乖乖学习；父母不喜欢她的摄影爱好，她就放弃。

这样一直都听话的柠檬，在上大学后喜欢上了摄影社的一个男生成峻，这一次她固执地和父母争执想要进入摄影社学习，央求他们给自己买一台单反相机。父亲觉得学了摄影也没有什么用，根本不打算满足她。柠檬和家里闹翻了，半年没有回来过一次，最后是母亲妥协了，答应了柠檬的要求，买了相机。

有了单反相机，柠檬第一时间去找成峻，想要加入摄影社，成峻看她一脸认真就同意了。柠檬的悟性并不是太好，学摄影学得有些吃力，成峻觉得她努力认真，一直在旁边帮她，直到她照出来的相片有模有样。为了表达感激，柠檬邀请成峻去家里吃饭，吃过饭后，柠檬的父亲还亲自送成峻回了学校。

柠檬以为她的铺垫已经成功，父亲能够认同成峻是一个优秀的青年，可她回到学校以后却得知摄影社的晓晓和成峻竟然已经在一起了。柠檬倍受打击，退出摄影社，重新做回原来的乖乖女,直至毕业,他俩都没有再说过一次话。

毕业后,柠檬想要出去打拼,父母不同意,她就留了下来。父亲希望她能到自己家的公司来帮忙,柠檬说,自己已经找到了工作,父亲也同意了,权当让她出去闯闯。柠檬不想让父亲看轻自己,拼命工作,只希望她的努力能够被父亲认可。

毕业后,柠檬没有找男朋友,家里人给她介绍了相亲对象,据说是个家世显赫的海归男。和海归男约会的那天晚上,柠檬却在距离约会地点不远的地方见到了成峻。成峻的变化很大,柠檬看了好久才确认是他,而成峻一眼就认出了她。那天,她和成峻聊了很久,聊到最后,她竟把海归男的事忘得一干二净。

柠檬回家后被父母大骂一顿,第二天母亲押着柠檬去见了海归男。可海归男并不是柠檬想象中的样子,那男人比她大了整整一轮,挺着啤酒肚,有点儿谢顶,还离过婚。柠檬实在是喜欢不起来。

父亲无休止地在柠檬耳边唠叨,年纪大、离异,这在他的眼中都没有问题,他甚至觉得年纪大才懂得照顾人,家里有钱才不会委屈她的生活。后来柠檬才知道,父亲根本就是看中了海归男的公司,想要和他合作,才要让他们结婚。

柠檬这一次决定坚决坚持自己的意愿,不答应父母的要求。

偏偏父亲经常把海归男邀约回来，给他俩制造见面机会，海归男每次也都会讨好柠檬，带些礼物来讨她欢心，柠檬的心逐渐动摇，不再拒绝和海归男接触。

和海归男认识半年后，父母开始催促他们结婚，谈到婚事，柠檬心中极为抵触。没多久，柠檬见到了晓晓，她知道了当年成峻离开她的一些内幕。晓晓和成峻在一起，是成峻在柠檬家吃过饭之后，柠檬父亲送成峻回学校的路上，和成峻谈了很久，现实问题让成峻对柠檬望而却步，所以回学校之后才和晓晓达成一致，只是为了骗柠檬不要再沉迷下去。而晓晓当年对成峻也有好感，所以才没有对柠檬说出真相，这一拖就是好些年。

得知了真相的柠檬主动联系上成峻，她从成峻的口中得知，这些年他心里一直惦念柠檬，只是他觉得自己的家世配不上柠檬，所以再见面也没有提过重修旧好。柠檬的心被成峻搅乱了，她没有答应海归男的求婚，反而选择和成峻远走高飞。好景不长，柠檬母亲告诉她，她父亲中风了，柠檬心中愧疚，想回家见见父亲。父亲在病床上逼柠檬，要她在他和成峻之间做一个抉择。

爱情和亲情之间的两难，把柠檬折磨得不成样子，她不可能真的为了成峻让父亲伤心，只能忍痛给成峻发了短信，和他断绝往来。从那之后，柠檬换了手机号，暗自决定不再和成峻有任何瓜葛。

和成峻分手后，父亲用自己的生命做威胁，把柠檬推到了海归男的怀抱，柠檬勉为其难，答应下来，以为这并不是一个特别糟的开始。尽管这段婚姻没有她想要的爱情，却能让父亲放心。

只不过，隐忍下来的结果并不如意，柠檬怀孕后，孩子成了她在这段无爱的婚姻里唯一的寄托。柠檬怀孕八个月时，才发现丈夫出轨，外遇对象冲到家里挑衅，将她从楼梯上推了下去。孩子引产了，柠檬在鬼门关走了一遭后，和丈夫签了离婚协议，紧接着等着丈夫注入资金的父亲的公司也倒闭了。

父亲很懊恼，自知不应当因为公司的债务问题，让女儿用婚姻来帮他，还险些闹出人命。父亲答应柠檬，以后不再插手她的婚姻，按理说柠檬应当高兴，可她心里难过得只想号啕大哭。

前夫的赡养费，柠檬全数给了父亲。她搬了出去，找工作的时候遇到前任老板，老板对柠檬工作能力十分赏识，觉得她为人诚恳又聪明，邀请她重新回到公司，做经理。

只可惜，柠檬就算有勇气重新进入社会，重新找回自我，也没有勇气去面对成峻。她知道，在这段爱情里，自己充当了最懦弱的人，没有勇气和他重新再来一次，只是希望成峻可以幸福。

她就是那个从一开始就不会自己选择命运，没有抓住生活，被别人摆布的人，这样的人生若是让她重新再来一次，她一定不会放开成峻的手，一定会坚持和他走下去，那也就不会有后面的一系列悲剧，更不会毁了自己的一生。

  人的一生存在着无数种选择，我们只能自己做主，因为走错一步就可能遗憾终生。把握自己的命运，不要被别人的思想左右，尝试用自己的方式去生活。别人的看法其实并没有那么重要。

  那天回去后，我和父母长谈了一次，希望可以选择自己想要的生活。若是人生被别人左右，最后，留给自己的只有后悔。只有选择过后，我才会真的知道自己需要的是什么，人生不就是一次单向旅程，结果不重要，我只希望享受过程。

  岁月无情，蓦然回首才发现人活着是一种心情，曾经拥有的不要忘记，已经得到的更加珍惜，属于自己的不要放弃，已经失去的不要惋惜，想要得到的一定要努力。找到内心的自我，做到不迷失自己，达到内心的平和，命运就会永远掌握在自己手中。

努力的人生才会有完美的结局

　　每个年少的你，总要过一段不被理解、无人问津的日子。也许你付出很多，却总被怀疑否定；也许你拼尽全力，成果却不尽人意；也许你心怀梦想，却没有信心坚持到底。于是你开始怀疑自己，这么努力有什么用？其实，没有一种努力是白费的，只不过有些回报来得及时，正是你想要的，那自然是皆大欢喜。而有些回报，会在你想不到的时候，从看不见的方向，以另一种方式归来，也许不符合你的初衷，却也让你有一种"无心插柳柳成荫"的惊喜。无论哪一种回报，都需要时间的发酵。

　　如果不努力，谁也给不了你想要的生活，欲戴皇冠，必承其重，想过上自己梦想的生活，就应该选择一条属于自己的路，并为此付出别人无法企及的努力。

第2章 你的生活不止眼前的苟且

生活里从来不缺少努力的人，当然，相对的，也有不少懒人。我的发小阿兰，自相识起，我就知道这丫头有一个缺点十分不好——不勤奋，说难听点儿就是懒。她父亲经营着一家大公司，母亲是全职主妇，从小生活在优渥的环境中，什么都不用她来操心，所以才有了这样的习惯。她总是把"车到山前必有路，不努力也没有什么后果"的话挂在嘴边，却忘了"人生无常"这四个字。

有一天，阿兰突然跑来我家，那哭丧的脸一看就知道出事儿了。还未等我问，她哭号着对我说："我被公司炒了！"阿兰被炒鱿鱼这件事，我已经见怪不怪了，基本上她每个月都会来一回，任何工作都不长久。

"我也只不过是偷懒了一下，就被他抓到了。"阿兰瘫坐在沙发上向我诉苦，"公司又不是他家的，他干吗那么认真啊！"

她说得理所当然，我竟无言以对。

阿兰的懒不是拖延，是单纯的不思上进，想法纵然有千万种，却从来都原地踏步不会付诸行动，而对于这种懒散没有上进心的人，除非经历过一些刻骨铭心的事情，否则永远都不会认识到自己思想的错误。

我也曾试着让阿兰多看一些励志方面的书籍和电影,可她却从来不以为然,像这种能躺着就不坐着,能坐着就不站着,能站着绝不出门的人,也是做到了懒的极致。到现在我还记得,上高中住校的时候,阿兰经常会迟到,她那时候和我说,在家的时候每天早晨都会有人叫醒,而上学后她身边没有这样的人,她早上起不来。还有一次迟到,被罚站,她因此连续发了好几天烧,吃药都不管用,后来她在家里养了半个月,身体才恢复过来。在家里待久了,她就不愿意再回学校住,哭得她父母一心疼,干脆就让她向学校申请了走读。

高考之后,我和阿兰分开,都是因为她平时懒散没有考上理想的大学,勉强才够上大专。不过她倒是优哉,也不在意这些,每天依旧如常地吃喝玩乐,从来不去考虑未来。

我虽不是天天和阿兰见面,但每次见她总不免催促她,让她早一些为自己的未来谋划,不可能永远躲在父母的羽翼下过日子,毕竟人生未来的路还长,总要学会一个人承担。

可是阿兰根本听不进去,只把我的话当作耳边风。

毕业后,我在上海找到了一份工作,阿兰不知道抽了什么风,打电话说她要和男朋友来上海闯闯。阿兰的父母给我打电话,让我多照顾她,怕她会上当受骗。

我去接阿兰的时候，竟发现她和臭名昭著的杜冕在一起。杜冕算得上是我们高中时代的代表性人物，提到他，所有的老师都头疼，反倒是有一些女生喜欢他，并不是因为他长得帅，而是因为他十分会玩。路上，阿兰才和我说，她和杜冕已经在一起一年多了。

杜冕家在上海有一套小居室，他俩蜗居在那里，阿兰找了一份离家近的文案工作，杜冕开始自己创业。虽然两人日子过得不算富裕，可经常还会有阿兰父母的接济，日子也勉强算得上有滋有味，阿兰也借此偷偷存了不少钱。

只可惜，阿兰的懒病一犯就会出现问题，试用期还没有过，就被公司炒了鱿鱼。她失业后，我去看她，结果却发现她一副优哉的样子，根本没把丢了工作当一回事，用她的话来说，反正她靠着家里人养，也不会饿死，丢了工作再找就是。

阿兰断断续续换了十几份工作，我说她不努力，她却嘲讽我是忌妒她，后来，我也没再找过她。阿兰再找到我的时候，开口就是借钱，金额还不小。

原来，杜冕创业的公司出现了一些问题，资金周转不过来，阿兰把自己存的私房钱全都掏了出来，也还差好多没有着落。她又找父母要钱，借口说她生病了，她母亲打了几万块过来，可还是不够。阿兰不敢再和家里人要，怕父母怀疑了会来上海看她，没办法才向我开口。我把我手头存的一些钱借给了她。

我以为渡过了难关，阿兰会长点儿记性，能够知道上进。没承想阿兰父亲的公司发生变故，投资失败破产了，家里欠了上千万。她的父亲因为这件事倒下了，母亲一夜白了头。几乎是在同一时间，杜冕提出要和阿兰分手，理由仅仅是因为他需要的是一个有钱的女朋友，而阿兰显然已经一无所有。

人生没有一帆风顺的，厄运不知道会在什么时候降临，把还在庆幸中的人拉向深渊。

短短的时间内，阿兰经历的变故多得数不胜数，却一直保留着一份希望，那份希望就是杜冕。可如今，杜冕却成了压垮她的最后一根稻草。得知消息后，我把刚发的工资都拿给她，她没有接，眼中却充满了感激。

后来我收到了阿兰发给我的微信："我一直觉得自己很幸运，有足够好的家庭，有一个挚友，还有自己最喜欢的人，所以不够认真、不够勤奋也没关系，日子总会变好，可我发现我错了。"

我不知道该怎么安慰她，该说的话早已经说过，她却从来不听,或许这一次她经历了坎坷,才能够明白我的苦心。

过年回家,我见到了阿兰。我推开她家的门,看到她在房间里伏案工作,见我来,她还有些不好意思。她告诉我,最近在考会计,一直在学习,以前我说的那些话,她现在才明白有多么重要。我很高兴能够看到阿兰站起来,更坚信她终于真正地明白,人只有不断地努力,才能收获最好的快乐以及美好的结局。

在默默无闻的日子里,看不到出路和希望时,你是否能够耐得住性子,守得住初心,等得到转角的光明?生活不会辜负任何一个努力的人,那些转错的弯,那些夜晚的孤独,那些滴下的汗水,都会让你成为独一无二的自己。

俗话说得好,天上不会掉馅饼。想要得到一些东西,就必须付出的努力。懒散会使人堕落,失去前进的方向和动力。只有坚定信心,努力做好自己该做的事,才能获得属于自己的完美生活。

一定有一个人值得你不顾一切

一想到有一个人，可以为自己无私付出，生活立刻有了动力，天空也立刻变了颜色。无论何时都要记得，无论有多少人对你无情，无论多少人欺骗过你，在生活的某个角落，总会有一个人可以不计代价地对你无私付出，没有目的，没有套路，只是单纯地想对你好，因为你让他满心欢喜。两个人在一起，可以肆无忌惮，可以随心所欲，不用担心说错话，不用担心对方会因为一句话而远离。如果有这样一个人，所有付出也都是值得的，因为投缘，因为遇到了对的人，因为心甘情愿。

我相信，会有这么一个人，他会给你最好的爱，陪你度过生命中所有的坎坷和磨难。或许，你也曾对他失望过，但请相信，经历过风雨却仍旧坚定的爱，才更值得你不顾一切地相信与追逐。在余生中，你想要的幸福，他都会给你。

　　安安是我的好友，她和付铭生是在一场酒会上认识的。那时，安安和许浩冉已经相恋多年了。那次许浩冉要参加酒会，安安作为他的助理也跟着出席了，付铭生则是那场酒会的调酒师。安安被他绚丽的调酒技法吸引，直到感觉到身后有人在占便宜，她立马叫出了声，付铭生想也没想就冲下来保护她。事后安安向他道谢，并问了他的名字和电话。离开酒会后，她将写着电话号码的纸条放在角落里，觉得不过是件小事，也没记在心里。时间久了，她也将这事忘得一干二净。

　　许浩冉比安安大两岁，他集结了这世上所有好男人的优点，温柔又多金。在发生意外前，安安曾经以为她和许浩冉能白头到老，直到亲眼看见了他和闺蜜黎初夏的暧昧，她果断地选择了离开。为了缓解安安失恋后的痛苦，同事娟姐提议去酒吧玩，安安想了想就答应了。到了酒吧，安安挨着娟姐坐下，才发现除了她们两个女生之外几乎全是男生。安安知道娟姐想要给她介绍男朋友，心里烦闷又不好意思拒绝娟姐的好意，只好安静地坐在位置上。就在想要找借口逃脱时，她一转头看见了付铭生。她跟娟姐说了声抱歉，然后在一群人讶异的眼光中，逃到了付铭生的身边。

她挑了挑眉峰，跟付铭生要了一杯酒，然后将酒推到了他面前说："来，赏你的，谢谢你上次救我。"说完了却怎么也想不起他的名字，正愁着要怎么开口，付铭生就主动报上了大名。四目相对时，两个人笑出了声。

　　爱情总是来得没什么道理，自那天起，安安和付铭生就走得越来越近，没过多久便确立了关系。付铭生没有稳定的工作和收入，所以两人的经济来源大都来自安安。因为爱着对方，即使压力再大，安安也从没喊过苦。交往了一段时间后，安安带付铭生回家见了父母，却遭到了来自各方的反对，付铭生也因此遭受了打击，好一阵子都宅在房子里，不肯出门。安安的母亲常来找她，劝她和付铭生分开，可安安并没有放弃。

　　鉴于她的坚持，母亲也无可奈何。安安知道付铭生的心里一定不好过，就用她攒了好久的工资给他买了一台新的单反。付铭生很喜欢摄影，他平时没有积蓄，也是因为他拿到的工资几乎都用在了摄影上，根本没有存过钱。有了安安的支持，付铭生开始向各类公司投递简历，与此同时他也打着好几份工，用赚来的钱学对口的东西，有时候忙起来都不见人影。

　　过了几天，付铭生一脸惊喜地告诉她有家公司通过了他的简历。面试那天，安安起了个大早，请了假和他一起去了公司。她在外面等了好久，本以为会等来好消息，却看到付铭生垂头丧气走了出来。原来，面试官对他的印象还算不错，多次问他愿不愿意来他们公司上班，可在问他的理想薪资是多少时，他报了一个很高的薪资数。面试官听到这个数字后，笑了他几句，而后二人便起了冲突。临走前他还对面试官放狠话，说以后这家公司要请他，他也不会再来。讲过大话的付铭生没有多久就后悔了，因为他慢慢地发现他错过了一个很好的机会。

安安知道付铭生没有被录取后，劝他不要太在意。她原本想，这世界这么大，那么多摄影的工作职位，总会有一个肯要他的，可当她逐渐发现付铭生的眼高手低才是不被公司接纳的主要原因后，便开始帮他分析他自身存在的问题，希望他能加以改进。付铭生却不接受安安的建议，反而认为她嫌弃自己，对她大发了一顿脾气："你以为我是为了谁才这么拼死拼活地找工作？"说完，他便摔门而去。安安觉得委屈，就不肯再说些向他示好的话。

那是安安和付铭生第一次冷战，以往他们也会吵成一团，但不久后就会和好。可那一次，他们足足冷战了一个月。这一个月里，付铭生没有出现过，安安等得心灰意冷，干脆回了自己的家。还没在家待几天，安安就被母亲催着去相亲。

隔天一大早，安安被母亲叫醒，迷迷糊糊坐到了约好的地方，才发现和她相亲的人居然是许浩冉。和许浩冉简单沟通了一会儿，她才知道当初她离开了他之后，因为彼此的性格差异，他和黎初夏也没有坚持到最后。安安叹了口气，简单地说了一下自己的近况，以对相亲没什么想法为由婉拒了许浩冉的追求。许浩冉有些失望，但也没说什么，只是告诉她他愿意等她。

付铭生离开的半年，安安的生活逐渐恢复平静，她开始习惯了一个人。许浩冉时常会发短信约她出去，有时候也会上门找她，安安的母亲总是笑脸相迎，她却提不起什么劲。她已经不再排斥许浩冉的刻意接触，只是对以前他做的事有了阴影，所以下意识地选择逃避。

难熬的冬天也终于成为过去，安安又大了一岁，身边催婚的比去年多了一些，所谓"嫁不出去"之类的流言蜚语也多了一些。安安顶着黄金剩女的头衔和不同的人相亲，却始终没有找到归宿。许浩冉还是一直待在安安身边，不干扰她的生活，却时时刻刻都能遇见。女生总是容易被感动的，加上周围的人不停地撺掇，安安也慢慢地接受了许浩冉。就在所有人都以为许浩冉和她一定会结婚的时候，付铭生出现在她的面前，请求她再等他一年。

女人在选择爱情的同时，也是在选择未来的生活方式。她不想让自己那么委屈地和许浩冉在一起，毕竟一辈子太长，她不确定未来的许浩冉会不会再一次背叛她，毕竟有过前车之鉴，女人的心又是如此敏感。而在她的心里，还时常惦念对她无微不至的付铭生，女人有爱才能存活，没有爱的婚姻，是不幸的。

于是，安安最终还是决定和付铭生在一起。后来，许浩冉频频找上她，劝她离开付铭生。安安拒绝了好几次后，许浩冉还会找来，有时候安安不堪其扰，也会躲到我家里来。后来她被母亲带回了父母家"保护起来"。

安安29岁那年的生日，付铭生终于正式向她求婚。

当天晚上，安安给我发了一张照片。照片上的房子看上去很新，屋内的装潢统一用的是暖色系，看上去就像是与世隔绝的一个温暖世界。

安安跟我说，那是付铭生通过自己的努力置办的婚房，而且他们昨晚也去了她家，她的父母终于同意他们结婚，想邀请我去参加他们的婚礼。

听到安安的报喜，我很为她高兴，高兴的是她终于嫁给了爱情。

安安的故事，让我懂得，原来在这世界上总有那么一个人值得你不顾一切地去爱他，即使他不能给你所有你想要的，甚至有时连一个完整的家都不能给你,你也要勇敢地相信你选择的人。

不知道你有没有为一个人奋不顾身过?有没有在最美的年华,遇到一个你认为可以托付终身的人?可能感情中并不只有快乐,但还是愿意和他一起去期许一个共同的未来,你设想着每一个拥有他的未来的瞬间,哪怕那些美好的心愿只是一些琐碎的念头。我相信,我们都会遇到这样的一个人,愿意为你奋不顾身,愿意默默地守护你一生。

幸福的生活,来之不易

有时,人会有一种错误的感觉,总以为得不到的才是最珍贵的,已拥有的都是廉价的。得不到,是因为缺少深入了解,那只是一种美好的表象,在绚烂的外表下隐藏着你的贪心和虚荣。所以,别把眼光停留在表象,用心去看世界,用真情去体会人生,你深入了解后,所得到的,就是值得你骄傲的幸福。

和我关系还不错的茶茶,遇到了一段在我看来不够好的姻缘。她说那个叫斌宇的人是她的软肋,一碰就会疼,却又不舍得割舍,好在生活没有辜负她的坚持和努力。

茶茶和我在一个公司工作,她和斌宇认识是因为对电子竞技游戏有共同的喜好,她像崇拜偶像一样崇拜打游戏厉害的斌宇,自然而然地就在一起了，没多久便顺理成章地结婚了。

婚后，生活并没有茶茶想象得那么美好。南北方生活有很大的差异，婆媳关系也很紧张，这让茶茶的情绪焦躁不安，对于婚姻感到有些迷茫。庆幸的是，茶茶一直都没有放弃自己的事业，努力工作，而不是依附丈夫生活的女人。

好日子不长，婆婆催促小夫妻要孩子，她也想着法子给茶茶补身子。只可惜斌宇和她的工资都不是很高，万一怀孕，两个人的生活压力就会加大。所以，茶茶只好一边备孕，一边努力地赚钱。即便这样，茶茶还是时常会被婆婆数落，最严重的时候，婆婆竟当着她的面，骂她是一只不会下蛋的鸡。

就这样在忙事业和照顾家庭的双重压力下，结婚还没到一年，茶茶变得很憔悴。立冬的时候，茶茶得偿所愿，怀孕了。婆婆一改往日的态度，平时对工作不怎么上心的斌宇，也开始有了奋斗的心思。茶茶怀孕的第五个月，听了婆婆的意见，辞职回家养胎。

回家后，茶茶的一日三餐都是由专人定做的营养餐，连出去走动都有人照顾，生怕她会因为重心不稳而失足摔倒。那时候我笑她，怀孕的女人就是金贵。茶茶脸上虽然笑着，但看起来好像有心事。

第2章 你的生活不止眼前的苟且

"母凭子贵",女人总是会担心因为生的不是儿子受到冷落,等生了儿子又担心"一朝回到解放前",这种前后待遇不同的对比,才更让女人心中害怕吧。好在,茶茶比较顺利,她比预产期提前了半个月,生了一个男孩,婆婆笑开了花,却把茶茶一人扔在产房,不管不问。

预产期提前,导致斌宇没有第一时间回到茶茶身边。出了院之后,茶茶把精力就都放在了家里,没有出去工作。没过一年,斌宇的勤恳也受到了领导的赏识,加薪升职,还在市中心买了一套房子。我以为他俩的小日子会越过越好,却发现他俩竟产生了嫌隙。

我去茶茶家做客,斌宇刚好在家。茶茶准备了一桌子菜,斌宇尝都没尝就准备出门。茶茶话里有话地刺激了斌宇几句,俩人就开始了口舌之争。茶茶一时嘴快,脱口而出:"因为外面有了女人,所以你连一顿饭都不想和我吃了吗?"

当时我内心的震惊无以言表,没想到斌宇有了外遇。斌宇脸上挂不住,摔门出去,茶茶坐在沙发上哭。她对我说,发现斌宇有外遇已经不是三两天,他这半年多一直都是这种状态,懒得回家,拖延在外面应酬,有的时候几天都见不到人。

和很多女人一样,茶茶一直隐忍着。婚姻这座围城并不是想离开就能脱离的，要考虑的事情太多。如果她不想委屈自己，那么就要离婚，然后就会面临孩子变成单亲的情况；不想委屈孩子，她就只能委屈自己，隐忍下来，希望丈夫有一天会回心转意。除了这个，茶茶当然还是对当年她崇拜的那个男人有更多的期许——她知道她认识的斌宇不是一个不负责的男人。

那次争吵之后，斌宇干脆不再回家。茶茶变得迷茫，对斌宇怀有的希望也越来越少。她带着孩子安分地过日子，对他在外做的事充耳不闻。俩人这样的状态一过就是两年。

两年后，茶茶主动找到我，第一件事就是借钱。我被她惊到了，一开口就是那么大的数目，我问她发生了什么事。

斌宇搬出去之后，没多久就被公司调到了澳门分公司。他被同事带坏，开始学着赌博。一开始，斌宇怕吃亏，只是小赌，运气好赢了几把，就试着大赌，之后便一直输。赌博赌输的人心里总是想要翻盘，于是斌宇疯狂地四处借钱，房子被抵押了，车子卖了，就连和斌宇搭伙过日子的女人也跑了。亲朋好友都被斌宇吓怕了，公司得知了他的行为开除了他，他一下子成了一无所有的人。穷途末路，斌宇才想到回来找茶茶帮忙。

我不理解茶茶，斌宇这样的男人就应当让他在外知道什么是好日子，什么是幸福，他这样不懂得珍惜家庭的男人，就应当受点儿教训，茶茶不能这么快就原谅她。可是在茶茶的心中，始终都认为斌宇会改过，他一直不是一个自甘堕落的男人，只是生活不顺心，才会造成俩人婚姻的不幸。

把钱借给她后，茶茶答应我，和斌宇好好谈一次，如果他依旧不能回头，那么茶茶就会离婚，还他一个自由。不等茶茶和斌宇长谈，斌宇的事情就被茶茶娘家得知，为了不让茶茶受委屈，茶茶的父亲把她接回家，逼着她和斌宇离婚。茶茶连着哭了几日，闹得孩子也生了病。我听说后去看望她，看到茶茶日渐憔悴的样子，她之前还说要和斌宇长谈，可在我和她聊过之后，发现这傻女人竟然从来都没有打算要和他离婚，她觉得斌宇是爱她的，他们一定可以重修旧好，不会走到婚姻的尽头。

我去茶茶家的那天，恰好斌宇也来了，他堵在门口想见茶茶，任凭茶茶娘家人的打骂，就是赖着不走。房间里一个哭闹的，房间外一个要赖的，茶茶的父母终究还是被磨得没了脾气，只能妥协。斌宇那天诚恳地认了错，答应岳父脚踏实地做人，再也不会犯以前的错误。临回婆家前，茶茶的大哥把他揍了一顿，真心希望他能够改过。

后来，茶茶父母帮助他还了一部分赌债，又把之前的房子卖掉补上。俩人搬进了出租屋，日子虽然没有之前过的滋润，却也让茶茶觉得是另外一种幸福。经历过磨难后,斌宇真的改变了很多,他懂得疼爱茶茶,疼爱孩子,用加倍努力地工作来还他们一个幸福美满的生活。

我问茶茶,若是当初选择了离婚,她会有另外的一种人生,没有了斌宇,说不定生活会过得更加自由自在,也不会有这么多的累赘。可茶茶回答我:生活本来就是不容易的,看你要怎么选择。有的时候,人只有不断坚持,学会珍惜,才能感受快乐,收获幸福。

人生本来就要经历很多磨难,追求幸福的路永远没有尽头,我们要学会走走停停,看看山岚,赏赏虹霓,吹吹清风,感受内心,在心灵放松中得到生活的满足,这才是幸福的真谛。幸福是每个人内心的一种能力,如同穿鞋,舒不舒服只有脚知道;如同喝水,冷暖自知。

在这个世界上,有人身处水深火热中,只为了换取一丝美满;有人在荆棘里匍匐前行,只为了换取一瞬的幸福。有人的幸福唾手可得,却不懂珍惜;有人经历磨难,却没有善果。幸福是如此难能可贵,携手并肩的人,千万不能辜负这可贵的真情。所以不妨且行且珍惜。

一见钟情容易，久处不厌很难

有人说，相信一见钟情的人往往厌倦日久生情，相信日久生情的人不会第一次就钟情于人。这种说法虽然十分片面，却也能击中人心。我们这一生会遇见很多人，他们扮演着我们身边的各类角色，总有一些人没有和我们走到谢幕就从舞台退出，成了生命中的一个过客。所以，一见钟情真的容易，而要做到久处不厌，要看人生造化……人与人之间相处，很容易互相产生好感，可人生变故太多，生活的沉重消磨了所有的爱，只剩下不堪和疲倦，因此真正走到最后的却少之又少。

薇薇是我的好友。我接到薇薇电话时正在外地出差，她一直在电话里哭，我只能在电话这边安慰。回家后，我第一时间赶到了薇薇家,希望她不会做傻事。好在薇薇还算理智,除了喝酒就是喝酒,但也因为喝酒过多胃出血了。

若斯和她离婚,是因为另外一个女人。薇薇说他厌倦了和自己的这段感情,不想再继续下去,可那根本都是借口,当初他说的"一见钟情",钟的不是情,而是脸。

薇薇手里掐着刚结婚时若斯一时兴起专门给她制作的布偶,叹气着说,东西是旧的,感情也是旧的。

可是在我看来,东西可以是旧的,但是要把生活过得有新鲜感。人一定要学会自己从一段感情里走出来,不能永远沉迷下去,那只会让抛弃你的人看不起,甚至贬低你。

出院后,薇薇病好了很多,她说想要出去散散心,和我一别就是两年多。在这期间,我收到了很多来自世界各地的明信片,都是薇薇寄来的,明信片上她用潦草的字迹写着"我过得很好""风景很漂亮"等简单的话语,我知道她是怕我担心。

薇薇和我是大学校友,她和若斯是在一场篮球赛后结识的,若斯一眼就看中了薇薇,很快她就被他表白了。让我意外的是,薇薇竟然会喜欢若斯那种斯斯文文,看上去有些老气横秋的男生,他就连说起话来都是文绉绉的。可有时候,爱情本就不按常规出场,不是一个世界的两个人也未必就不能在一起。

第2章 你的生活不止眼前的苟且

若斯把薇薇吵嚷的性格改变了不少,她跟在若斯身后去图书馆,去咖啡厅,变成了那种文静又知性的淑女。看到薇薇脸上漾起的幸福感,我很为她高兴,自然不会再说若斯配不上她的话。

毕业前,薇薇哭着从外面跑回来,说她发现自己一直都不了解若斯,很多事情,他都在一直隐瞒。和若斯吃午饭的时候,薇薇竟然发现若斯的钱包里装着一张火车票和一张转校证明,眼看就要毕业了,若斯竟然有这么大的举动,薇薇一直都被蒙在鼓里。若斯根本都没打算和薇薇商量,他这一走,恐怕薇薇就要被迫"分手"了。

若斯走的那天,薇薇没有送行。我以为他俩真的分开了。毕业后半年,薇薇给我打电话,说她要和若斯结婚了。我很惊讶,却还是送上了祝福,希望薇薇可以幸福。

发现若斯出轨那天刚好是他的生日,薇薇去商场选礼物,饿了就去楼上找餐厅,却看到若斯揽着身旁的女人,她怀里还有一个半大的孩子。薇薇看着若斯望向女人的眼神,是那种薇薇从来没有见过的柔情。那一刻真相彻底把薇薇击垮,她上去打了女人一巴掌,和她扭打起来。若斯将她们分开,冷淡地看了薇薇一眼就转身离开了,一句话都没有说。那时,薇薇才真的懂得,她就是被若斯的那些甜言蜜语给骗了,忘记了最长情的爱情,不是甜言蜜语，而是真真切切的陪伴。面对感情时，要用心去看，不要用眼睛。

薇薇主动提出了离婚，若斯想都没想就签了字。离婚后薇薇问若斯为什么会变成这样，若斯冷淡地回答道：一见钟情，钟的是脸，久处下来，才发现根本不适合，或许这就是厌倦。

薇薇旅游回来后，整理好心情就重新走入职场。一年后，她宣称和领导恋爱了。她的领导是一个带着八岁孩子的中年男人，他和若斯不同，不会用嘴去哄女人开心，是会用行动来证明自己的那种男人。恋爱半年后，薇薇和他领证结婚，没出两个月，她就怀孕了。

我去看过薇薇几次，她的肚子一天比一天大，脸色却一天比一天红润。我抚摸着她圆滚滚的肚子问她，为什么会选择嫁给这个人？

她低头看着自己的肚子，那种有爱的神情，充满了母性的光辉。她说，相爱容易相处难，她很害怕自己在同样的地方摔得粉身碎骨，但是他告诉她，他不能保证每分每秒都在爱她，但如果有事他一定会陪着，无论发生什么。

这世界上每过一秒就会产生一对情侣，他们也许是第一眼就爱得死去活来，也许是经过长期的相处才爱得缠绵悱恻，但无论是哪一种，只有相处到最后还一如既往才算是真正的爱。相处的过程中一定会遇到很多挫折，有人和你一起面对，一起分担，虽然很难，但我们通往幸福的脚步，从未停歇。

  爱情就像是一种神奇的魔法，能够给相爱的两个人注入源源不断的能量，让他们翻越山川，跨过河流，斩断所有横在他们之间的荆棘。因为喜欢你，所以我愿意为你变得更好。因为喜欢你，我愿意追随你的脚步；因为喜欢你，我愿意跨越所有阻隔在我们之间的障碍。

  世界这么大，人生那么长，总有那么一个人，愿意为你而来。

第3章
不要为了别人而改变自己

左右相悖，前后不符；人生无完美，太多的无奈，有时候让人心焦气躁。生活越是这样，人越要沉住气，管好自己的心，做好自己的事，坚定信念，才能得到你想要的理想生活，爱到对的人。

现实和梦想往往背道而驰

理想很丰满,现实很骨感。理想是火种,星星之火可以燎原。理想是灯塔,照亮你前行的路;现实是风帆,没有风再好的帆也是枉然。理想是烟花,绚丽璀璨,照亮黑夜的天空;现实是流星,你期盼着它的出现,却来不及许愿,转瞬即逝。

现实中的很多事情,并不是努力就一定能成功的。你所想象的美好和现实有着巨大的差异。恒久地坚持虽然值得称赞,但埋头苦干也要找准正确的方向。不要太过执着于梦想,有的时候选择真正适合自己的未来,才能迎来另一种成功的可能。

光子开新书签售会的那天,下了很大的雪,来书店排队的人依旧热情不减。我等在角落里,看到光子忙碌的样子,在心里为她喝彩。谁能够知道，看上去这么光鲜的光子，曾经是一个颓废得只想要当歌手的女生？

上高中的时候，光子梳着长头发，眼睛灵动得好像会说话，声音更是美得让人陶醉。她最喜欢自己的嗓子，同学们也都很喜欢听她唱歌，所以那时候光子立志要当一名歌手。只可惜，光子虽然喜欢唱歌，却资质平平，缺乏技巧和指导，家里也不同意她放弃功课去学习唱歌，她只能自己偷偷学。

为了学习音乐，光子顶着家里的压力，每个月偷偷省下一大半的生活费，私底下找了学校的音乐老师，学习专业的发声和乐理。那时候，我看她太拼命，曾劝说过她，要不然就和家里好好谈谈，要不然就把学习成绩提上去再说梦想。光子不听我的劝说，觉得如果不坚持下去，自己就不会有未来。

高二那年的元旦，班主任老师说学校有一个歌手的选拔赛，光子兴冲冲地跑去报了名，希望可以得到名次，让家里人刮目相看。选拔赛当天，去参加比赛的人特别多，我们几个同学陪着光子一起去了，比赛完之后光子期待评审老师能给她通行牌，可得到的却是待定。光子一开始觉得还有一丝希望就是好的，结果后来得到通知，她并没有被选上。

因为这件事，光子消沉了很久。她提不起精神学习，上课经常走神，学习成绩一落千丈，被老师当成反面教材，让她当着同学的面念检讨书。班主任还请了光子的家长，他们对光子在学校的表现很不满意，和光子进行了一番沟通，最终选择支持光子的梦想，同意她转学到音乐学院的附属高中学习。

所有的理想都需要经历一番负重前行的阶段。

我再见到光子，是在北京的一个餐厅，她在那家餐厅里做驻唱歌手。

去餐厅吃饭是因为我当家教教的学生在奥数比赛拿到了一等奖，他的父母为了感谢我要宴请我。当我和光子的目光相遇的时候，她也感到十分诧异，却并没有放下手中的吉他直接过来，而是继续唱着歌。

餐厅里的环境还不错，我的学生的父母吃过饭之后就离开了，光子恰好唱完也准备走，于是我俩找了一个地方叙旧。她告诉我，当年转学之后，她考上了师范大学，专修音乐教育。我一直都知道光子想做歌手，对她选择教育类甚是惊讶。光子说那虽不是她真正想要的，但至少也算是和她的梦想靠近了些。

毕业后，光子没有按照家里人的要求，留在家里做老师，而是成为众多北漂人员的其中之一。到北京后，她在三环外租了一个只够装下一张小床的房间。刚开始，光子梦想着能进娱乐公司，就给音乐制作公司寄了她提前录好的小样，可无论寄了多少次，都杳无音信，带出来的钱也逐渐被用完。为了生计，她只好到处找工作，最后在一所教育学校做音乐教师，拿着微薄的工资勉强度日。

光子慢慢发现，在这座生活节奏快、房租高的城市，她简直快要生存不下去了。每个月赚到的钱，还远远不够她一星期的开销。生活过得清苦，加上寄出去的录制好的小样一直没有得到回复的原因，她好几次都想要放弃，可在听到自己的电脑里费了心血录好的歌后，又强忍着生活下去。

人生就是这样，不想放弃就只能咬牙坚持。理想固然崇高，人却一定要脚踏实地。

在北京工作的第四年，光子接到一个娱乐经纪公司的电话，让她去那里做练习生。学校离公司太远，没法兼顾，于是光子决定辞职。光子的同事知道后，劝她多考虑考虑，毕竟公司嘴上说让光子去做练习生，也不能保证她真的出道，而她在这所学校干了三年，收入稳定，这样丢掉实在可惜。光子对梦想的执念让她忽略了所有人的告诫，依然坚持去娱乐经纪公司工作。

进公司后，光子认识了许多朋友，大部分人和她一样，都在等公司安排出道。然而，新人出道的机会少之又少，光子除了唱歌好一点儿之外没有其他优势，在一群能歌善舞的练习生中，根本无法做到脱颖而出。好在，做练习生虽然没有工资，但公司给包了吃住，光子身上存下来的钱，也够她生活一段时间。

一次，光子和其他练习生被公司安排了一次商演。歌词虽没被分到几句，光子还是托工作人员在舞台底下，拍下了她表演时的视频。她把视频上传到朋友圈，说，虽然舞台不大，但她觉得很开心。从表演的地方回来后，光子就再也没接到商演，公司觉得她在唱歌这方面不够精通，又看她长得漂亮，就建议她做演员。光子想了很久，还是拒绝了。

光子在公司待了足足三年，终于等到可以出道的机会。公司要制作一个网剧，网剧的主题曲将交由他们的练习生中的一人来演唱。和光子同期的练习生，基本都已经出道，如果按资历来排，她的机会最大，但是最后，得到这个机会的却是别人。

她的经纪人说公司打算放弃她，因为她在公司里待了这么久，能力还是不够突出，也因为她之前拒绝过公司的安排。就在光子觉得委屈，想要进去理论时，却听见同是练习生的胜男和经纪人一起嘲笑她："想出道就得抓紧所有能红的机会，她也真是傻，都什么年代了，还有人坚持所谓的梦想。"

光子把胜男当作好友，却没有想到被她这样议论，友情和工作的双重失败，让光子失望至极。她回到宿舍，思考了一整夜，决定回家。理想是昙花一现的魅力，现实是绽放过后的孤寂。经过了这么多年，梦想已经把光子的棱角磨平，让她再也没有力气去追求自己想要的东西。

回程的车票是在午夜，北京的夜晚灯火通明，光子心中生出无限感慨：她在这座人人向往的繁华都市里，待了七年，却依旧一事无成。经历了长时间的挫败后，光子有很长一段时间不敢出门见人，直到家里人给她找了一份工作，她才慢慢缓过来。

稳定下来后，一有空闲，光子就把自己的经历写出来发在网上，没想到这些文字得到众多网友的回复、点评、转发，竟然意外地让光子"火"起来了。没过多久，光子就被出版社邀请出书，才有了这次开签售会的机会。

那天晚上，签售会结束后，光子和我回到她住的宾馆里，我们俩边喝边聊。我问她还想不想再去唱歌，她摇头，笑容里满是轻松。看着她的笑容，我竟然有一点儿羡慕她。有时候放弃不可能的梦想，何尝不是一种幸福。

梦想不一定非要实现，可以当成一场美梦，梦醒时候还得回归现实，脚踏实地干自己的事情。也就是说，我们不能盲目追求不切实际的事物，要在坚持自我的同时，学会变通，让梦想成为我们前进的正确指引，如果偏离方向，要及早发现做出调整。

爱情和面包，同等重要

女人想拥有自信，得先学会自强独立。就算不依靠任何人，也有足够的能力，让自己过上优越精致的生活。不能在有了爱以后，就放弃自己，要给生活留一些余地。

人可以穷，但不能没有志气，人可以平凡，却不能为五斗米折腰。很多人都觉得，面包比爱情重要，也有人说，没有爱情的面包没有味道。我却觉得钱财是身外物，感情不能用金钱来衡量。面包是物质上的，爱情是精神上的，两者之间应当是相辅相成的，有了爱情的两个人，携手共同创造面包，生活可以靠两个人的努力来改变。虽说没有面包的爱情，会比较辛苦，"贫贱夫妻百事哀"就是这个意思，可并不是现在没有面包以后也不会有，主要还是取决于双方愿不愿意共同努力奋斗。

青青是公司的财务总监，长得清秀，性格开朗，很好相处。唯一一点让我觉得很不习惯，就是她很爱钱，爱到令人发指，以至于在她选择伴侣时，除了钱，什么都可以不要。或许也是因为这一点，青青成了大龄剩女，月相亲次数高达二十次，却从来都没有成功过。

我一直都不理解她这么做的目的，直到中秋前我和青青被派到东京出差，偶遇了刚好到日本度蜜月的副总展辉。青青眼看着展辉拉着新婚妻子的手，从我们身边经过，突然在我面前哭了出来。

回国后，青青威逼利诱让我陪她去相亲，相亲对象发现青青只关注经济情况，对她漂亮的脸蛋也没有了兴趣，结果不欢而散。和青青走出相亲的餐厅，外面竟然下起了雨，青青在雨中哭着呼喊：为什么初恋总是那么伤人！

如我所料，青青爱钱的背后，果然有一段刻骨铭心的记忆。

青青的初恋不是别人，正是公司的副总展辉。

他俩是在大学社团认识的，自然而然地走到了一起，俩人的感情一直都很稳定，彼此的三观在当时可谓是相当一致。大学毕业后，他们互相见过对方的家长，展辉的家里对青青很是满意，可惜青青的父母觉得展辉家里穷，还有两个弟弟。

青青的父母不看好展辉，变着法想让他们分开，青青不肯，于是和展辉一起离开了老家。他们去城市里租了间屋子，蜗居在出租屋里。起初日子还算惬意，可带出来的钱逐渐被他俩大手大脚花光了，两个人也遇到了感情的第一次危机。

俩人争吵过后，为了能够坚持爱情，只能都出去打工赚钱。初入社会，他俩的工资都不高，日子过得艰难。为了爱情，青青咬牙坚持，她只要一想到展辉，就对未来充满了无限的遐想。他们在一起三年，生活逐渐稳定下来，收入虽然不高，却足够两个人的开销，虽然没有存下多少钱，却也还算过得去。

青青的坚持感动了父母，同意了她和展辉的交往，希望展辉能够好好照顾青青，俩人早点儿修成正果。可当展辉知道这个消息的时候，竟然和青青提出了分手。青青以为，展辉不过是处在倦怠期，和她闹别扭——直到青青看到展辉挽着一个女生的手臂亲密地走在一起。从那女生的穿着打扮、拎着的包包上看，青青知道自己输了，输在了没有钱。

青青气不过自己三年的爱情抵不过几个月的相处，她冲上去打了他一巴掌。展辉见到她，有些诧异，转眼又变得十分冷静。

青青问他原因，并希望他能回头。展辉的回答像一盆凉水，浇灭了她心中所有的期待：他说没钱的日子太苦了，他厌倦了这样的生活，找一个有钱的女人，能让他少奋斗十年。

得到了这样的回答，青青几乎是一夜之间长大了，她从这段不成熟的爱情中蜕变，把爱情扔在了脑后，一心只想赚钱。青青知道有些东西不能用金钱衡量，可是感情有点儿虚无缥缈，钱给人的才是实实在在的感觉。

展辉与老总的女儿结婚后，青青颓废了一段时间，但没有停留在原地，继续相亲。终于，她找到了一个连锁公司的老总，如愿以偿地把自己嫁了，只是那个老总离过婚，还有一个四岁的儿子，她嫁过去就要给别人当后妈。而且对方的口碑不是很好，业内人尽皆知，此人人品有点儿问题。

虽然我表达了反对的意见，可惜青青全然不在意。后来，她邀请我做他们婚礼的伴娘，被我拒绝了。

婚后第二年，青青怀孕了，她给我发微信，希望我有时间能去看她。我去她家看她，她的丈夫杜铭生不在，青青怀孕的情况不佳，胎盘不稳，容易滑胎，家里连一个保姆都没有，很让人担心。

怀孕四个月的时候，青青出门被车撞了，她算是在鬼门关走了一遭。杜铭生第二天才出现,我见到他的同时还见到了他身边另外一个漂亮女人。青青偷偷告诉我,她曾在卧室柜子里见过那个女人的照片,她是杜铭生的助理。

看着脸色还很苍白的青青,我提醒她,她却淡然一笑,对我说:"杜铭生喜欢他助理,他俩之间有关系,我一直都知道。不过我不在乎,我原本就知道他不爱我,我也不爱他。我只是没想到,我流产了他都没有第一时间来看我,真是够绝的!"

人们经常说,面包会有的,爱情也会有的。青青相信这句话的时候,无论生活多困苦,她总能够相信爱情、面包会两全,可惜前任选择了面包,使得偏激的青青走上了极端,一直在挑自己的面包,却忽略了爱情。

出院后,青青和杜铭生办了离婚的手续。重新走出困境的青青对我说,她需要重新建立人生观,不能永远沉迷在这种痛苦之中。

青青辞了职,到国外散心,半年后,我收到她的邮件,邮件中有一张她和一个男人的相片,相片中的她拥有着无比灿烂的笑容。

有人说"经济基础决定上层建筑",两个人的爱情如果要落实到婚姻,就不能仅以情感作为唯一的诉求。如果婚姻生活中没有"经济面包"的支撑,就如同建筑没有牢固的地基,这段感情随时可能夭折。这在哲学上称为经济基础决定上层建筑,婚姻也不能免俗。彼此合适的经济条件决定了爱情的持续性，"房子"就占了这个经济条件的重中之重。同时这也成了很多年轻男女以"有没有房子"作为挑选对象的基础门槛。

也有人说"有情饮水饱"，他们觉得人生已经如此艰难，好不容易遇到一个我爱他、他也爱我的人，却因为他买不起一套房子就不继续走下去？只要两个人的感情基础够稳固，并一直朝着同一个目标去努力，即使没有房子也没有关系，毕竟房子只是"爱情的一个栖居地"，而真正的爱情却是世间难寻的，正所谓"有情饮水饱，无情食饭饥"。

每个人都有按照自己的自由意志生活的权利，我们没有权利去批判别人选择以面包为基础的生活，也没有资格去阻止别人选择以爱情为基础的生活，只是我希望可以把这两者结合在一起。两者能同时拥有，生活当然是幸福美满的。但是人生不如意之事十有八九，两者同时拥有的概率并不大，我们能做到的就是不厚此薄彼，不要单纯地为了面包而活着，更不要为了爱情而放弃自己追求面包的能力。这样，当真爱来临的时候，你才能够抓住机遇。

不要为了别人而改变，你该成为最好的自己

生活在这个世界上，人有很多不得已之处。但我们不能因畏惧世俗的眼光而妥协，也不要为了迎合他人的喜好而改变。如果一个人连最真实的你都接受不了，那么他也不值得你全心全意地对待。永远也不要为别人而改变自己，如果不能接受最差的你，也不配拥有最好的你。改变自己，迎合别人，到最后迷失的只有原本的自己，要相信，在这个世界上一定会有那么一个人，喜欢那个睿智的你，也喜欢那个笨笨的你。

我收到好友秀子取消婚礼的消息，火燎般地冲到她家，推开门竟意外地看到秀子十分淡定地在包饺子，丝毫没有抓狂的表现。我有点儿吃惊。晚上，她和我散步的时候，对我说，邹凯又

出轨了。秀子和邹凯在一起已经八年了,她从来都没有想过要离开邹凯,哪怕那臭小子一次次地出轨,一次次地伤了她的心。

当初和邹凯在一起的时候,秀子为了迎合他,做了很多改变。他说一句喜欢短发的女生,秀子就忍痛剪掉了留了几年的长发;他说喜欢跳舞的女生,秀子便跑去学舞蹈,因跌倒伤了好几处;他又说喜欢平凡的女生,秀子就把性感的衣服都藏起来,素颜,不化妆,心甘情愿地躲在他背后做个平凡的女生。可秀子这般为他改变,只换来了一次次的背叛和失望。

其实,这次秀子如果还能再忍,很快便能和邹凯结婚,可当她想起邹凯在婚礼前还和别的女人私会,理直气壮地背叛她时,突然忍不下去了。她觉得自己把所有的力气都用在改变自己上,早已经忘了自己当初是什么样子,也记不起来她当初为什么要选择和邹凯在一起。

邹凯是秀子的高中同学,从他俩做同桌的那天开始,邹凯便展开了对秀子的攻势。从小零食到小礼物,从帮她拿书包到给她带饭,无一不细。邹凯长得很帅,是很多女生倾慕的对象,这样的一个男生对自己如此好,让秀子很欣喜,格外珍惜这段缘分。

可从秀子和邹凯在一起后,才发现邹凯的心根本没有定下来。他就像一个中央空调,暖着身边所有的女生,反而对她越来越冷漠。为了变成邹凯喜欢的样子,把帅气的他拴在身边,秀子开始了无下限地改造自己。秀子越改变,邹凯和她的距离越远。在这段恋爱关系中,秀子始终处于劣势。

秀子不知道自己的爱情究竟出了什么问题,更不知道应当如何经营自己的爱情,她以为"因为爱情,想要靠你更近",于是把自己变成你想要的样子,这样是无可厚非的。可是她却忘了,邹凯在当初喜欢她的时候是什么样的人。

邹凯和其他女生暧昧的样子,全班同学都知道,好友劝说秀子,她还不听劝,觉得是自己做得不够好,忍下了邹凯身上的劣习。因为喜欢,秀子一次次地容忍,一次次地原谅。

高中毕业,因为距离的原因,邹凯和秀子才算分开,只可惜距离也没有阻止秀子追寻邹凯的脚步。大学四年的异地,秀子终日抱着电话和邹凯谈恋爱,每当我看到她失魂落魄的时候,就知道俩人又产生了嫌隙。

除了恋爱之外,秀子在我眼里一向是很独立的女生,有自己的想法,个性十足,不轻易认输。可是邹凯的脾气不好,时常在电话里骂秀子,秀子也不生气,小心翼翼地哄着对方。秀子在他面前低头的模样,让我觉得秀子变得和原本的她完全不一样了。

秀子爱得这么卑微,邹凯和她却总是分分合合。秀子虽然能忍，但时间太长了，偶尔也会爆发，最严重的时候两个人对着骂，骂完秀子就开始哭。秀子想过放弃，她拉黑了邹凯所有的联系方式，可当邹凯用别人的手机给她打来电话时，她很快又屈服了，接了电话，答应和好。

可是邹凯总是和其他的女子暧昧，秀子抓了几次现行，每次都被邹凯几句话就哄好，然后不久重新上演相同的戏码。

毕业后，秀子的母亲知道了邹凯的花心，想让秀子和他分开，秀子坚决不肯，后来家人才同意他们在一起。秀子的父母邀请邹凯的父母吃饭订婚。可是，就在请柬已经发出去大半时，秀子发现邹凯竟然还在和别的女人暧昧，而邹凯发现这事被秀子知道了后，在她耳边说了很多好话，还承诺以后会收敛。

听着邹凯诚意几乎为零的道歉，秀子突然失去了再次原谅的力量，才有了取消婚礼的念头。

我拉着秀子的手，希望秀子能够明白，"真正爱你的人，不希望你会为他改变，因为他爱你，爱你的所有，你的可爱，你的暴躁，你的好，你的不好，你的一切都是他所爱的。正如那句话，你身上的缺点如星星一样多，可是当你出现在他的面前，就好像一轮太阳，所有的星星都消失不见了。"

秀子也知道，邹凯根本就是不够爱她，所以才造成了这些年他们之间畸形的爱情，她需要矫正自己的近况，调整心态，摆脱邹凯带给她的人生的影响，重新接受另一段真正的爱情，一段不会为了别人而改变自己的爱情。

懂你的人，会用你所需要的方式去爱你；不懂你的人，会用他所需要的方式去爱你。于是，懂你的人，常是事半功倍，他爱得自如，你爱得幸福。不懂你的人，常是事倍功半，他爱得吃力，你爱得辛苦。两个人的世界里，"懂"比"爱"更难做到。

感谢那个你曾深爱着却将你弃之不顾的人，因为他的放弃，会促使你找到更好的下一个。但请记住，永远不要为一个不爱你的人，去浪费一分一秒。

不要为了迎合别人而去改变自己。等待太久得来的东西，多半已经不是当初自己想要的样子了。世上最珍贵的不是永远得不到或已经得到的，而是你已经得到并且随时都有可能失去的东西。

做自己，要学会拒绝

生活的态度决定了未来，姿态才是一切。助人为乐固然是优秀的品德，但不能没有底线。不要为了别人而去勉强自己做自己不想做的事。勇敢表达内心的想法，学着拒绝他人无理的要求。有的时候，我们只有自私一点儿，不去过分在意他人的感受，才不会让自己受到不必要的伤害。

生活里，我们不可避免地要与人和事接触，两个人在交往中，若无大事，在无利益冲突的时候，都会相安无事，可一旦牵扯了私欲，一切都可能会失控。不过这都很正常，毕竟人性都是自私的。女人，你要优雅淡定，看清一切，做好自己，有些时候要学会用拒绝来保护自己。

那次慧子来找我，说她家公司出了点儿问题，要跟我借些钱。除我之外，慧子也找过其他人，可只有我们这些经常在一起玩的朋友回应了她，而那些平常总会找她帮忙的人，将她的微信拉入了黑名单。慧子显得很委屈。

慧子的男朋友林楚，拿走了公司的余款出逃，导致公司周转不足，慧子家的公司也随之倒闭。那是慧子一生中最困难的时刻，为了补贴公司欠下的债务，慧子的父亲卖掉了原本居住的房子，一家人挤在一间小小的屋子里。在那样拮据的日子里，慧子从不敢多花钱。

短短一个月内，慧子经历了从天堂掉入地狱的巨大落差，她告诉我，这一切于她而言，就像是做了一场梦。慧子家里刚破产的那阵子，贫富差距、被感情背叛，总是让她在夜里偷哭。所幸这困难的日子她算是熬过去了，慢慢习惯，只是从此以后，她再也不敢轻易相信别人。

慧子特别善良，懂得退让，常常站在别人角度上去思考问题，我想"单纯美好""善良淳朴"等就是用来形容她的词汇，可这种人往往特别容易被朋友欺骗。

考研的时候，慧子和我同在一个培训班，为了能够减少家里的负担压力，我经常会出去打工，而慧子特别能够体谅我，也经常帮我，她说女孩子互相帮忙是应当的。正是因为慧子的大方，培训班里很多女生都愿意接近她，总想讨好她，趁机和她借钱。

原本慧子的单纯善良在我眼中是个优点，可她毫无原则地借给别人钱，无论和对方熟不熟悉，让我觉得她根本就是在委屈自己，这是一种对自己不负责的行为。我对慧子说过这样的话，慧子也知道自己不会拒绝别人，她认为拒绝别人让彼此都比较尴尬，她不想把关系弄得那么僵。

我们一个培训班的小宝，来向慧子借钱，慧子和她虽然不熟，但也答应了。从那之后小宝就开始经常跟我俩一起逛街吃饭，一起上课学习，成了形影不离的姐妹。

但是，我和小宝之间有疏离感，因为，姐妹间的付出应当是对等的，而小宝和慧子之间，完全都是慧子在付出，小宝则是在享受，甚至在慧子同样也出现困难的时候，小宝会选择推脱不愿意帮忙。最让我觉得可气的是，小宝找慧子借的钱，根本都没有还过，而慧子竟然也没放在心上，和我说或许她只是忘了……

临近考试前，小宝再次向慧子借钱，哭诉说她家出了事儿，需要一大笔的钱，她唯一认识的有钱人就是慧子了。慧子抵不过小宝的求告，心一软就把钱借给她了，只是小宝不知道，慧子把钱都借给了她之后，害得自己要出去打工赚钱。

研究生复试的前一天，慧子因为打工时感冒着凉和受累，患急性阑尾炎进了医院。当时她的父母正在国外谈生意，根本没有人能管她，她只能向小宝要钱。小宝不仅不还钱，还冷嘲热讽："你家那么有钱，干吗催我还啊？你和你爸要呗！"慧子顿时觉得很倒霉，小宝发现慧子脸色不对，又和她解释，说家里出事儿把钱都拿出去了，真的没有钱拿出来让慧子看病。无奈，我把自己打工积攒的钱拿出来，又和其他几个同学凑了凑，才让慧子先把手术做了。

考试结束后，几个关系不错的同学都来看望慧子，可是小宝一直都没有出现过。另外一个同学婷婷和慧子说出院后尽快向小宝要钱，还说她根本没把慧子当朋友，只把她当成提款机。小宝借钱也不是因为家里出事，而是她在外赌博输了钱。

我实在看不过去，没跟慧子商量，跑去小宝家大闹了一场，闹得街坊邻居喊来了警察，小宝的家人这才把钱还给了慧子。小宝的事情被闹得沸沸扬扬，她被学校开除了学籍，被开除后还来培训班骂慧子，说她不讲义气。慧子身体欠佳，无力和小宝争吵，只是在心里认清了，原来朋友也有真假。

事后，我和慧子深谈，希望她知道，拒绝是人生的必修课。学会拒绝并不是让你变得冷漠，拒人以千里之外，而是让你学会在拒绝与迎合之间把握一个度,这个度才能让你拥有真正的友谊。

错过了考研,慧子重修了一年,她在第二年的时候认识了让她一眼就喜欢上的林楚。

林楚为人幽默又有绅士风度,脑子灵光,家庭条件虽然不是很好,但胜在有上进心,肯努力,经常被老师当作让大家学习的范本。班里喜欢林楚的女生很多,林楚却喜欢和慧子聊天,还请她吃过饭。慧子在和林楚接触了一段时间后,林楚向她表白,他们才正式确定了关系。

研究生毕业后,慧子和林楚一起去她父亲开的公司做事。刚进公司的时候,慧子和林楚可谓如胶似漆,就连慧子偶尔崴了一下脚,林楚都会紧张得问东问西。同是研究生的同学小然找到慧子帮忙,跟慧子哭诉公司薪资太低,想进慧子父亲公司时,慧子也没有拒绝,直接让小然跳槽过来帮她安排工作。可小然竟然提出要暂住在慧子家,因为上班可以让慧子开车接送十分方便。

慧子一大家人住在一栋别墅里。慧子的奶奶生了两个女儿、两个儿子,慧子的父亲是最小的,也是他们四兄妹中事业上最成功的。慧子的父亲成功,两个姑姑就跟着沾光,慢慢地也不出去工作了,辞了职跟着慧子一家吃大锅饭。

慧子父亲的公司有一段时间投资很大,资金回不来,他慢慢承受不起家里这么多人大手大脚的开销了。慧子的父亲没有办法，只得实情相告，想让慧子的姑姑们出去找工作。慧子的姑姑们过惯了不上班的生活，不肯出去工作，大家意见不合便吵了起来。情急之下，慧子向我求助，我听她哭得都快喘不上气，便跑去她家看她，发现她的两个姑姑被堵在门外。见我来，她们大概是觉得有外人在，怕丢面子才慢慢消停。在慧子家，我也第一次见到了小然，小然一直旁观着慧子家发生的事情。我觉得纳闷，她为什么不安慰慧子，她们不是住在一起的闺蜜吗？

慧子把小然安排在林楚的手下做事，还叮嘱林楚要多照顾小然。一开始小然经常会跟在林楚身后问东问西，时间长了，慧子觉得小然有些碍事。小然觉得她这么做是为了更好地了解上司，合作起来也更称心如意。

没多久，公司就传出很多流言蜚语，说小然和林楚越来越近，俩人的关系已经超出了上下级的关系。慧子最初还对这些谣言嗤之以鼻，直到后来，她发现林楚对她越来越冷淡，甚至一个星期都不会联系她一次。她觉察出不对劲，偷偷跟踪林楚，依然抓不到他的把柄，还意外地发现林楚对工作很用心，每天都在公司熬到很晚。

对于林楚的用心，慧子觉得羞惭，也对她自己无故起的疑心感到愧疚，便对林楚加倍地关心，还让父亲把公司的大权提前转让给他。结果事发突然，公司项目出了问题，周转资金严重匮乏，慧子四处借钱才勉强填上这个空缺，可这用来救命的钱，辗转到了林楚的手上，被他以职务之便私吞了。更令慧子绝望的事，直到那个时候她才知道，原来林楚和小然是真的有一腿，只是慧子跟踪林楚时，正巧被小然发现，两个人联手演了出戏，岂料慧子就这么傻傻地中了计。

好在这世界上还有公道，慧子的父亲把林楚告上了法庭，他应当为自己的私心付出一定的代价，而慧子也因为这件事看清楚了小然的本性，下定决心与这两个人断了联系。

不过慧子也开始认识到，是她的好心办了错事。为了避免这样的事情再发生，她买了一堆书来充实自己，反思了从学校到社会经历过的事情。她决定好好蜕变，再也不会做那个只会善良而不懂得拒绝别人的女人。在慧子的努力下，公司渐渐稳定，她也变得更加有自信，和以前那个青涩的女生告别，成为真正优秀的女人。

每个人都有自己心中与人相处的最佳方式，但无论是做事还是做人，都要有原则，不要为了别人而做自己不愿意做的事，要懂得多爱自己一点儿，学会勇敢地拒绝。

拒绝别人，善待自己。我们活在这个尘世，每个人都有自己的不容易。我们都有父母亲人，都有自己爱护和在意的人，善良不能丢，但善良一定要有限度，没有谁可以无限制地去为别人着想。帮助他人，也要在自己能力范围内，要对自己有明确的认知。所以，有些时候，一定要懂得拒绝，恰当的拒绝，是对自己负责，也是对别人负责。

牺牲不等于幸福

在爱情里,彼此的地位应该相对平等。别让对方习惯你的牺牲,却不愿付出,不然,他带给你的除了委屈,只剩伤心。

但凡真正懂得爱的人,不会因为爱让自己卑微到尘埃里,因为这样的话反而会失去爱。爱,是把最美好的一切给予对方,包括自己,卑微的你并不是美好的你。

"因为爱你,所以我想自私一点儿,对自己好一点儿。"这句话总是有些道理的。

暑假,我和阿衡被学校派去福利院做义工。阿衡因为有事,比我晚来了几天,不过我看得出来,阿衡心情一直不太好,我却始终不敢追问真相,怕他不好意思开口。

福利院义工的工作很清闲，那晚阿衡忙完，让我陪他去街边小摊喝酒。酒过三巡，阿衡突然大喊一声，我被他吓到，才发现他嘴里一直喊着"小彩"。见阿衡醉得不省人事，我找了福利院管理员，把他搬到宿舍里。想到他这几天奇怪的行为，我没忍住，用他的手机打了小彩的电话，却无人接听。

第二天，阿衡兴冲冲跑到我面前，一个劲儿地谢我，说我是他的福星，把我弄得一头雾水。他拉着我坐在台阶上聊天，讲起他会情绪失控的原因。

阿衡和小彩交往有一阵子了，小彩是艺术系名副其实的系花，阿衡为了追小彩也是煞费苦心。在来做义工的前一天，小彩不让他来，阿衡说了很多好话，小彩才勉强同意。可等阿衡坐上来时的公交车，没多久就收到了小彩发的分手短信，接着阿衡的号码就被拉进了黑名单。阿衡忧心忡忡，所以才会一直闷闷不乐，直到昨天我的那通打给小彩的电话后，小彩回复了电话，阿衡才高兴起来了。

小彩我也认识，刚刚入学的时候，她曾借住在我们系的宿舍一段时间，那时小彩的口碑不太好，被人扣上了"拜金女"的帽子，阿衡当然也知道这一点，却从来都没有在意过。

当初为了追小彩，阿衡也算得上是下了血本，别人送一支玫瑰，他就送一只手表，别人送一部手机，他就送一台电脑。在送礼物的同时，阿衡还收买了小彩身边的朋友，让她们在她面前帮他多说说好话。整整一个学期的猛烈追求，小彩才答应了阿衡的求爱。

只可惜小彩的性子偏激任性，常常无理取闹，阿衡因为爱她所以一直容忍。去年，小彩的母亲生了二胎，原本家庭状况就不乐观，弟弟的到来让家里的生活变得更加拮据。小彩的父母逼着小彩退学，还要她把打零工挣来的钱拿出来养家。阿衡知道这件事之后，男友力直接加到最强档，他将小彩的学习费用连同生活费都一起承担了下来，他觉得这是作为一个男朋友应该做的。

阿衡的行为，让学校里充满了对小彩的讨论，很多人都说小彩命好，碰到一个可以把她宠上天的人，大部分人则是羡慕阿衡有钱。阿衡的好朋友都骂阿衡傻，可阿衡觉得无所谓，只要抱得美人归，他都觉得值得。

可在我看来，阿衡根本不懂得爱情，只知道一味地付出和等待，却不知道对方心里究竟是怎么想的。爱情如果不是双方共同努力，付出再多，也不能换来对方的真心。倒不如释怀一些，给对方空间，去了解彼此，感受彼此，这样才能够真的看清那个人是否是真的爱你。

结束了福利院的义工工作,小彩来车站接阿衡,看到我站在阿衡身边,她的表情很奇怪。那天晚上,阿衡给我发消息,告诉我以后我们不要走那么近,小彩会吃醋。

再和阿衡见面,是在毕业典礼上。阿衡表情惆怅,对我说最近小彩很奇怪,经常见不到人,他怕是因为自己没做好,让小彩失去对他们的爱情的信任。我以为小彩又闹小性子,便让阿衡买一些女生喜欢的礼物,哄哄说不定就好了。

话还没说完,礼堂负责人让我们先把礼堂收拾好。我和阿衡打算先把后台的东西整理好,再由我帮他选一些送给小彩的礼物。东西才收拾到一半,就听见小彩从外面说着话走近的声音,我连忙把阿衡推到了幕布里,打算听听内容。

小彩在电话里和对方说了很多关于她和阿衡的秘密,原来她对阿衡并不是真心的,只是因为父母逼着她退学,她看中了阿衡可以帮她解决学费,才做了阿衡的女友。她在阿衡面前装可怜,和好友串通好让阿衡为她付出,而她家里实际上过得并没有那么困难,只是被她把事实夸大了好几倍。阿衡愣在那里不知所措。

阿衡瘫坐在地上,对我说,上学期,小彩还逼着阿衡给她买了一部苹果手机,为了那部手机,阿衡几乎得罪了身边所有的同学,就连最要好的哥们都觉得他无可救药了。他这才知道,为了自己爱的女人，他究竟失去了多少。

我不知道如何安慰阿衡，他哭得不成样子，为了小彩付出这么多，到最后换来的却是小彩的一句"利用"。

阿衡平静下来后，我问他："你为她做了那么多，你觉得你幸福吗？"

阿衡摇摇头，说他也不知道。

有些事情，只有自己经历过，才能学会成长，下一次不犯同样的错。

我想这世上没有任何一个人有资格和能力让你无条件地永远牺牲下去，这是你的人生，完全可以活成你想要的样子，而无须按照他人的想法活着。牺牲、迁就、忍让，这些如果真的能换来所有人的幸福和美满，那么是值得的。可就怕，你牺牲了自己却得不到你想要的幸福。

在爱情里，如果两个人之中的一个不停地付出，一个不停地接受，或者有一个人的付出微乎其微，那个付出很多的人极有可能会被辜负。

这一切来得太容易，他没有过多地付出就换来了你付出的全部，他可能感谢或者感动，可他也可能不在乎。只有在对方和你并肩在一起时，你付出过的、牺牲过的他都曾体会过，他才会知道你的牺牲有多么珍贵。幸福不是靠牺牲换来的,我们真正要做的是争取自己的人生。

  毕业两年后,我接到阿衡的电话,他说自己快结婚了,对方是一个不错的姑娘。

  我去参加婚礼的时候,阿衡来车站接我,当时他穿了一身正装,打了领带。

  我笑他:"要当新郎的人果然不同,穿什么都是人模狗样的。"

  阿衡挠挠头,表情看上去很害羞,开口对我说:"以前你问过我一个问题,那个时候我不知道,可现在我很肯定,我很幸福。"

  他成长了,我瞧着他嘴边由衷的微笑,从心底为他高兴,幸福本就应当是这样。

  阿衡不再是那个只知道付出的人,他慢慢懂得牺牲不等于幸福,爱情是相互的,是平等的,只有彼此付出,彼此珍惜,相互成全,才能走得更远。

第4章

好的爱情，就是顺其自然

爱得好，甜甜蜜蜜；爱得不好，两败俱伤。有些人的爱情表面甜蜜，未必真的幸福；有些人的爱情看着平凡普通，却是用情至深，爱得忠贞不渝。对爱，不要委屈将就。好的爱人不一定是顺其自然就能追求到的，但是好的爱一定是相处得很自然的。

/在复杂的世界里,优雅淡定做自己/

姑娘,强扭的瓜不甜

强扭的瓜不甜,强求来的姻缘,也不会圆满。

勉强得到的感情并不是真正的爱情,而是感动后的施舍。对于失去的感情,不要贪恋过往,放下心中的执念,才能迎接崭新的生活。

前段时间,公司里来了新经理易凌,他刚上任就计划裁员,闹得公司里人心惶惶,连实习生都跟着一起紧张了。

明缨就是我带的那批实习生中的一个,看得出来她事事小心,却还是经常会出纰漏,不过在裁员的时候她意外地被留了下来,而且还被通知提前转正。办完了入职手续后,明缨邀请部门几个关系不错的人出去喝酒。明缨喝多了,我拿她钱包付账的时

第4章 好的爱情，就是顺其自然

候，意外地看到了她和易凌的合照。

我送明缨回家，她在车上抱着我傻笑，对我说，她知道自己为什么会留下来，那是易凌对她的一种补偿，可是她根本就不需要！看着明缨声嘶力竭地喊叫，我心里想，这姑娘究竟和他有过一段什么样的孽缘？把明缨安顿好后，我准备走时，她一把拉住我，哭着对我说："他要结婚了。"

明缨小时候，爸妈外出打工，她和爷爷奶奶一起生活。爷爷奶奶有事的时候，经常把她托付给隔壁的人家，易凌就是隔壁那个从小一直照顾她的哥哥。易凌比明缨大十岁，亦兄亦父。他平常虽然不苟言笑，私下却很关心明缨，明缨很怕他，也很黏他。明缨不知道，那个时候她对易凌的依赖，就是一种喜欢，直到易凌高中快毕业的时候，把他的女朋友莎莎带回家，明缨看到她的那一刻，心里说不出的难过。

易凌和莎莎走后，明缨彻底陷入了对易凌的思念，她把自己的情绪写成一封封的信，把暗恋藏在心中。因为对感情的迷失，明缨的成绩直线下滑，从前十名掉到了倒数。班主任从明缨的书桌里发现了"情书"，找明缨家长谈话。明缨害怕家长的指责从学校逃了出去，一连三天没回家。

家里人疯狂地找明缨，最终还是易凌把她带了回来。回家后，家人除了指责外，还逼着她说出暗恋的人是谁。面对重压，明缨把对易凌的心思说了出来。易凌深知不能因为自己的原因而葬送明缨的未来，他和明缨约定，只有她能考上自己所在城市的大学，才会考虑和她在一起。

有了易凌的这句话，明缨像打了鸡血一样疯狂地学习，她的努力没有白费，高考后她终于拿到了通往易凌所在城市大学的录取通知书。去大学报到第一天，明缨通知易凌，易凌说要为她接风，便把她接回了自己租的房子。

明缨一进门，先看到的竟然是莎莎。那一刻，明缨就很清楚，当年的那个约定只是一句空诺，易凌分明是想告诉她，他只是把明缨当妹妹对待。

女人单方面的感情才是真的傻，不明白男人的心究竟在哪里，就这样一头栽进去，到头来得不到男人的宠爱，全都是他看低你的表情。这种时候就要学会抽身出来，坚决不能低下自己戴上王冠的头。因为，如果他足够在乎你，任何距离都不会阻碍他靠近你；如果他足够想念你，绝不会在寂寞时才会想起你。都说感情要将心比心，真正爱你，才会主动掏心给你；都说缘分聚散不定，心里有你，才会对你情不自禁。

明缨那天和易凌分开后，再没主动找过他，把所有的精力都放在学业上。大学期间,并不是没有男生追求明缨,只是她的心始终都停留在易凌身上,她在等易凌回心转意。

大三那年,明缨知道易凌和莎莎分手了,分手那天易凌喝多了,她把易凌拖回家。喝多的易凌说出了分手的真相,莎莎的父母不喜欢易凌,觉得他没有什么前途,莎莎一开始还能坚持和易凌在一起,可时间久了,莎莎就被父母劝说着开始相亲,最后莎莎和别人闪婚了。

明缨在第二天易凌醒来后,主动提出交往的请求。易凌一开始还是拒绝的,但明缨的坚持能让他不那么难过,后来就和明缨在一起了。不过在一起后,易凌因为没有真正追求过明缨,而且一直当她是妹妹,所以有点儿不自在,而且就算对明缨表示关心,他也没有那么殷勤,明缨却已经很知足。

明缨准备毕业后结婚。就在新房已经准备好时,莎莎找到了易凌,说她的丈夫家暴,让易凌救救她。易凌心疼莎莎,把她带到新房照顾。明缨知道后,觉得易凌这么做太过分了。本以为易凌会哄她,结果他连一通电话都没有打过。这时明缨才知道,易凌打算和莎莎结婚了。

明缨抱着我,不停地问我,她到底哪里不如莎莎。她一直在哭笑着说自己没用。

我想告诉她，并不是你比她差，也不是你没用，只是那个男人的心里没有你，只要稍微有些波澜，他必定从你的生活中退出。这样的男人，本就不是你的，强求回来的爱情，根本不甜，是苦的。

后来明缨打电话给易凌，祝他幸福，然后把他拉入了黑名单。她告诉我，或许有些人只适合老死不相往来。然后明缨辞职了，一个人去了西藏旅行。上飞机前，她发信息给我说："以前我总认为，只要我和他在一起，总有一天他会接受我，可是感情这东西没有谁说得准，不是我的始终不是我的，就算勉强在一起，又能怎么样呢？"

感情，有时候很简单。没有挤不出的时间，只有不想给的时间；没有所谓的情深缘浅，只有不懂得珍惜眼前。感情，有时候很直接。弱势的怜悯，换取的只有楚楚可怜；强势的吸引，才会赢得真情实感。女人，别再犯傻，不爱理你的人就别去打扰了。好好爱自己，完善自己，做一个值得爱的人。真正的爱从来不是强求来的。不是你的，你留不住，同样，是你的也终究会来到你身边。

陪你走完整个青春的人,才是你最该爱的人

一辈子的爱人,不是一场轰轰烈烈的爱情,也不是什么山盟海誓,而是当所有人都质疑你的时候,只有他陪伴你;当所有人都在赞赏你的时候,只有他会微微一笑,说我早知道。不要因爱人的平凡和不解风情而郁闷,因为时间会证明,越是平凡的陪伴越能长久。

我和晚晚不仅初高中都是同班,还一直住在同一个寝室里。

晚晚是一个很有个性的女生,在别的女生还剪着老土的波波头、穿着校服时,她就已经开始戴耳钉、染头发。

高二上学期,岳岳转来我们班。班里第一次换位置时,晚晚正好被分到岳岳的同桌。岳岳看上去很喜欢晚晚,老是找她说

话。可晚晚嫌岳岳太胖，长得又不帅，不爱搭理他。

有一回，岳岳听到班里某一个同学嘲笑他一无是处，一个劲地戳他痛处。一气之下，他和那个人打了一架。

上课期间，岳岳和晚晚的手肘因为写笔记总是碰在一起，而岳岳的手上正好有一两处伤口，每次被碰到都疼得不行。晚晚看他偷瞄自己，又悄悄地挪开手的样子，禁不住有些想笑。

晚晚一向是个刀子嘴豆腐心的人，虽然她很嫌弃岳岳，但她还是想着好人做到底。趁着快下课那会儿，她偷偷地往他桌子里塞了几罐专治跌打的伤药。这一送，就有了麻烦。

岳岳开始缠上了晚晚，这让晚晚在学校更有名了，偶尔从厕所经过，都能听到一些人聚在一起窃窃讨论的声音。

岳岳追了晚晚好久，始终不见她松口，就转头讨好我，想让我替他说几句好话。

所谓吃人家嘴软，拿人家手短。我答应了岳岳。后来，晚晚更是连我都躲。岳岳没办法，每次都把礼物放在晚晚的抽屉里。晚晚被他弄得不好意思，答应他，两人先从朋友开始做起。

自那以后，岳岳成了我的异性闺蜜。我和岳岳的关系变好后，在他追求晚晚的过程中，经常会帮他出些主意，可晚晚依旧不为所动。两个人就这么耗着，一直耗到了毕业。

第4章 好的爱情，就是顺其自然

高中毕业后，我去了外地，晚晚和岳岳都留在本地读书。

和宋煜相识那会儿，晚晚常常出去给一些杂志当封面模特，这事在他们院里引起了一阵不小的轰动。也因为这样，晚晚在刚入学没多久，就有了一票追求者，宋煜也是其中的一个。

而宋煜恰好是晚晚喜欢的类型，她就答应了他的追求。

晚晚告诉我，宋煜是他们学校篮球社的社长，长得帅，家里有钱，对她又好，简直就是高富帅界的最佳榜样。说起宋煜时，晚晚一副恋爱中的少女模样。

宋煜和晚晚谈恋爱期间，岳岳还坚持对晚晚付出。晚晚大概早已习惯岳岳对她的好，竟也照单全收。

晚晚生日的前几天，我从外地赶回来给她过生日，岳岳过来接我，我们往晚晚家的方向走，路上遇见一对男女在街上卿卿我我。

岳岳突然冲过去和男生扭打成一团，我才发现那个男生就是宋煜，而他身边的人却不是晚晚。

看着路人准备报警，我怕岳岳会惹上什么麻烦，赶紧将他拉离现场。

到了晚晚家，我和岳岳装作什么事都没有发生，心里其实忐忑无比。晚晚边收拾桌子边抱怨宋煜不知道在忙什么，都没有时间来给她过生日。

岳岳忍不住说道："你别和他在一起了，他不是什么好人。"

晚晚好面子，容不得别人的置疑，听到岳岳的话，一瞬间便不理智了，冲动之下，连岳岳就是癞蛤蟆想吃天鹅肉都说出了口。

岳岳被晚晚的话伤着了，转身离开，岳岳走后晚晚就开始哭个不停。看她这样，我更不敢告诉她宋煜的事情。

我离开晚晚家的时候，晚晚跟我说，她一早就知道宋煜在和别的女生暧昧，可她不想认输。

回学校后，我再也没听到过岳岳的消息。晚晚知道自己那天说的话太伤人，特地去找他道歉，却发现一直都是他主动找她，这么久了，她却连他在哪个系哪个班都不知道。

一直到大学毕业，我和晚晚都没有再见过他。

晚晚离开大学后，不想留在家，选择和宋煜一起北上。宋煜在他家开的分公司里做部门经理，晚晚也跟着他在公司里谋了个闲职，一待就是七年。

女人的年龄越大，就越想要有一个家。

晚晚已经快30岁了，她的家人早就催她带宋煜回家，而宋煜却迟迟没有提出结婚。她试探着向公司申请离职，并从他的房子里搬了出来，却失望地发觉，宋煜竟没有一点儿挽留她的意思。

第4章 好的爱情，就是顺其自然

灰心之余，她在房子周边找了一家艺术公司，做文娱活动的策划和统筹。进公司的那天，晚晚发现，自己的上司居然是岳岳。岳岳瘦了许多，晚晚差点儿没认出来。

那天，岳岳请她吃了顿饭，还把她送回了家。晚晚把想说给他的道歉，全说了出来，才觉得舒坦许多。

晚晚和岳岳相处了一段时间，感情才慢慢回到从前。不同的是，这一次，岳岳不再追着她跑。

晚晚把这事告诉了我，我心中一时感慨万千。我们彼此都变了不少，岳岳稳重了，晚晚也不再张扬。

几个月后，晚晚接到家里打来的电话，说她的奶奶快不行了，想见她和宋煜一面。她急忙去公司找宋煜，想让他跟她一起回趟家。她推门而入，看见的却是他和一个女生暧昧的情景。

晚晚强忍住心里的难堪，把事情跟宋煜说了一遍。没等她说完，宋煜便拒绝了她。晚晚问他，他不娶她，是不是就是因为这个女生。

宋煜准备开口，晚晚突然听到那个女生嗤笑的声音，说他们已经结婚了。晚晚被这个消息冲昏了头，把自己身上的东西，疯了一样地砸向了他们。

就在宋煜准备叫保安时，岳岳赶到了现场，把她从里面带了出来，连夜跟她一起回到老家。

晚晚到了没多久，她的奶奶在看到她和岳岳后，咽下了最后一口气。

岳岳陪着晚晚料理了她奶奶的丧事，看她哭丧着脸，还想办法逗她开心。几天下来，晚晚所有的亲戚，都以为岳岳就是晚晚的正牌男友宋煜。不管晚晚怎么解释，都没有人信。

晚晚回公司前的那天晚上，岳岳当着所有亲戚的面向她求婚。她不是没想过岳岳可能还喜欢她，可是这求婚来得太突然，情急下，她没跟任何人商量，临时坐了火车来找我，希望能在我这里躲一躲。

我和晚晚聊了很久，到了后半夜，她才下定决心说，明天她就回去和岳岳说清楚。

次日，就在她准备订票回去的时候，听到有人敲门，她把门打开，岳岳就站在门外，风尘仆仆的样子让她的眼眶泛酸，忍不住流下泪水。

岳岳说，他爱她，从17岁到23岁，哪怕现在她30岁了，他的爱也从未停止。能抵挡岁月的侵蚀，能陪伴你走过每一个春夏秋冬，当你回头时也一定就在身后默默守护的那个人，才是你最该爱的人。

一个真正爱你的人，会在乎你的想法，哪怕你不是那么喜欢他，甚至讨厌他，他也依然会拿出所有的诚意等你回头。而当我们爱一个人时，不能只被眼前的一切蒙蔽。

陪伴是最长久的告白，要相信，一个愿意一直陪伴你的人，才是你最该爱的人。

/在复杂的世界里,优雅淡定做自己/

爱或被爱,就在一念之间

或许你也曾热烈地爱过一个人,哪怕最后结果不算理想,你也一直坚持不肯放弃,可你别忘记,在你的背后,同样也有那么一个人,他和你一样,为了你燃尽一生的爱,是他让你开始相信,被爱是一件很幸福的事情。

我和林绾绾是同期进入销售部的公司成员。

进了公司后,我被分在顾问组,林绾绾则被分在了业务组。因为年龄相仿,我俩在一起的时候比较多。

林绾绾长得漂亮,她的美透露着一种沉稳温婉的知性感。要知道,美女走在路上都是聚光的,何况是在狼多肉少的销售部,更是吸引了不少人的目光,其中一个就是孟山。

孟山比我们早两期来公司，因为能力不错，去年刚被提为销售部的部长。因为长相憨厚，又热心肠，孟山在销售部里也是人气王。

林绾绾刚开始跑业务的时候，总会遇到一些奇怪的人。为了保护她不受欺负，她出业务的时候孟山也会跟着，替她挡掉了不少麻烦。这样一来，大家都自动认为他们已经开始交往。就在我为他们俩终于在一起而感到高兴的时候，申子义出现了。

申子义是公司的经理，业内有名的金融天才。作为公司内的大人物，申子义也受到了不少人的追捧。

某天，林绾绾和孟山照常去跑业务，因为是一个大订单，申子义身为领导，也被公司派去支援。那天，林绾绾回来后拉着我讲了很久。

林绾绾大学学的是教育，可她喜欢的却是金融。填报研究生志愿时，她不顾家里人的反对，将专业方向改成了金融学。

那时候，带她的导师常常会跟她提起申子义，说他是业界的传奇。林绾绾一开始只是对申子义觉得好奇，导师讲的次数多了，她就记住了这个名字，甚至就这么莫名其妙地喜欢上了一个只知道名字的陌生人。

从大学毕业后，林绾绾费了九牛二虎之力，才进了这家公司，为的就是见申子义一面。

公司里几乎人人都知道，申子义有一个未婚妻，两个人快要结婚了。

林绾绾和我说她向申子义告白那天，公司派她跟着申子义去签一笔单。签完单回来，申子义忽然对她说，他很欣赏她，还夸她长得漂亮，能力又强。

林绾绾喝多了酒，她就借着这股劲儿向申子义告白了。申子义被她的一时冲动吓了一跳，半晌，才拒绝了她。

林绾绾有一瞬间想要放弃，可第二天她发现，申子义对她竟比从前更好，不只是跑单时帮她挡酒，还时常望着她走神。她抵挡不住申子义的温柔，两个人开始有意无意地暧昧。

听完她的话，我让她离他远一点儿。林绾绾怎么都不肯听，就像是中了申子义的毒似的，扯了一堆真爱至上的道理来搪塞我。

孟山知道林绾绾和申子义的事情后，怕她会做错事，以后会后悔，更是铆劲追她。他始终坚信，感情这种事，没人吃得准。他没有想过她会爱他，可他还是希望她能及早回头。

林绾绾不讨厌孟山，他帮过她很多次。作为朋友，林绾绾打心底里不想失去孟山，可她无法给他回应。她开始躲着孟山，只要看到他靠近，她就会下意识跑得远远的。我笑林绾绾傻，有些事是避不了，也不能避的。她却不置可否，将鸵鸟心态发挥到了极致，能躲一时是一时。

林绾绾生日的前一个月，孟山问我林绾绾有没有喜欢的东西。

我想起前几天，林绾绾和我说，她一直很想要一条宝格丽的项链。我把这个消息告诉孟山后，没过几天，他就进了医院。我去医院看他，他那面黄肌瘦的模样，让我大吃了一惊。

在得知他是因为胃出血才进了医院后，我问他是不是发生了什么事。

他扭扭捏捏的，似乎有些不好意思说。片刻，孟山告诉我，他想买宝格丽的项链送给林绾绾。可是那个牌子，最便宜的也得花他一个月的工资。

孟山的家庭条件不好，工资也没有攒下很多，家里还有两个弟弟。自打他工作以后，他每个月都会省吃俭用，把工资的一大半都寄回家里，贴补家用。这样的他，根本没有多余的钱去买礼物。为了这条项链，没办法，他只好每天都拼命地工作，陪着客户喝酒。

这一喝，就喝进了医院。我笑他傻，他只是挠挠头，不做辩解。

好在，努力是有成果的，孟山这几天签单的钱已经足够买下他想要送的礼物。

林绾绾生日当天,我和孟山约好了行程,给她过生日。到约好的地方时,申子义就坐在林绾绾的旁边。

我们没想到申子义会来,愣了半天。之后照例寒暄客套了几句,我们才把礼物给了林绾绾。看到孟山的礼物后,林绾绾笑出了声。

林绾绾告诉我们,她前几日拉着申子义逛街,路上看到了这款项链,她只是随口说了喜欢,申子义当场就买给了她。接着她调侃孟山,笑他和申子义还真是心有灵犀。

男生都是好面子的,申子义的出手大方,让孟山觉得自己和他根本没法比。在自卑感的驱使下,孟山决定放弃。

没几日,林绾绾和申子义在一起的消息,被他的家里人知道了。申子义的未婚妻跑来公司大闹了一场,对着林绾绾又打又踢。周围的人没有一个人敢帮林绾绾,毕竟她这事做得实在是不光彩。孟山跳出来护着林绾绾,替她挡了好几下。

最后,申子义来了公司,把人拉走了。

申子义这件事闹得太大,一直闹到了公司高层。

之后的几天,林绾绾因为害怕舆论,没有出门,落下了不少的工作。公司想要以业绩不够的理由开除林绾绾,孟山知道后,利用职务之便,把自己的客户和业绩都给了她。孟山的做法被公司知道后,他就被炒了鱿鱼。

我问孟山为什么。他说,她被公司开除的话,会在简历上留下污点,以后就很难找工作了。孟山依然是笑着的,我却忽然有了流泪的冲动。我明白,他嘴上虽然说着要放弃林绾绾,可到了关键时刻,他还是舍不得。

孟山从公司宿舍搬走那天,我和林绾绾去送他。

沉默了一会儿,我听见孟山对林绾绾说,她和申子义如果继续在一起会很累,问她愿不愿意跟他走。

林绾绾握着我的那只手颤了一下,她大概从来没有想过,她都已经到了人人唾弃、厌恶的处境,而他却还是愿意喜欢她。就在我以为林绾绾会回头的时候,她出声拒绝了孟山。

孟山离开公司后不久,迫于家里的压力,申子义选择和他的未婚妻去了国外。

走之前,他也没有告诉林绾绾。林绾绾因此一蹶不振。直到现在,她才想清楚,也许过去申子义对她只是有过好感。

隔天,孟山来公司,告诉我们,他要和家里介绍的对象结婚了。他把请柬给了我们,让我们到时候一定要去参加他的婚礼。

我们闹了他一会儿,林绾绾就坐在角落里,什么话也没说。

孟山走后,我问林绾绾会不会觉得遗憾。

我会这样问，不过是因为我知道，她对孟山，是曾经有过片刻的动心。

林绾绾笑了起来，只是笑容里充满了苦涩。

她告诉我，有时候，爱或者被爱，就在人的一念之间，错过了就是错过了，再也没有回头的可能。听她说完这些话，我想她多少有点儿遗憾，不过我敢肯定她会珍惜下一个爱她的人。

无论是你不爱的人，还是你爱的人，出现在生命中就是缘分，该珍惜与该舍弃的要好好分辨。有的人你再爱也是不会和你在一起的，有的人你再留恋也是注定要放弃的，人生中会遇到很多人，但请不要把你的好给伤害你的人。

示弱也是获得幸福的一种方式

一个聪明的女人,是懂得如何示弱的人。在爱情里,如果双方都太强势,势必会产生许多摩擦和争吵,适当地低头能缓和矛盾,让双方相处得更加和谐美满。

倪婵因为车祸被送进医院的时候,我正在去公司面试的路上。接到消息后,我取消了面试跑去看她。到医院时,她的手术已经完成,人也转到了普通病房。

倪婵告诉我,她和小林已经离婚了。倪婵是我的表姐,认识小林的时候,她才大三。

我一直都知道她和小林之间的感情出了问题,只是我从没想过,他们俩真的会离婚。毕竟,他们的孩子都快要上小学了。

那时，她因为不想考研，和家里人吵了一架。

倪婵的个性好强，从来不肯向人示弱，是典型的死要面子活受罪的类型。

她在街上瞎逛了好几天，去面试了很多家公司，可与她专业对口的职位，偏偏不收还未毕业的学生。山穷水尽之际，她看到有一家餐厅在招服务员，便跑去应聘，接待她的人就是小林。

倪婵头一次做服务员，没有工作经验，小林帮了她不少忙，倪婵心生感激，也和小林说了很多她的事。自此，两个人就变得亲密起来。

有一日，倪婵和家里通过电话，心里郁闷得不行，翘班一天，一个人去看了一场电影。回来的时候，经理把她骂了一顿，还说按照条例，应该开除倪婵，可是小林站出来帮她一力承担了下来。

倪婵听完，心里一热，她问小林为什么这么做。小林只说，他是老员工，没有功劳也有苦劳，顶多只是被扣钱，而她犯错了，可就不止这么简单了。因为他知道，她很需要这份工作。

那天，小林还带她去游戏厅玩游戏，又带着她去吃了周边几家有名的小吃。

那是倪婵离家这么久以来，第一次感受到全然放松的时刻。

第4章 好的爱情，就是顺其自然

夜色渐浓，小林送倪婵回宿舍。路上，小林跟她讲了他的故事。

小林小的时候，父母总是会因为一些小事争吵，常常闹到不可收拾的地步。后来，双方协议离婚。

小林的父母离婚不久，就各自有了新的家庭，而小林无论在哪一方都不受待见，就独自和奶奶一起生活。

小林的奶奶年事已高，平时不怎么管他。小林慢慢变得越来越叛逆，不弄得浑身是伤，就决不罢休。在学校里，小林的班主任也管不了他，就天天往他父母那里打电话，希望他们能管管他。可小林的父母却一直说很忙。

有一天，小林正准备翻墙出去上网时，被教导主任当场抓住。

几天后，小林被学校开除，他父母分别给他打了电话，意思是让他以后想做什么就做什么。

小林知道，父母不想再管他了，因为他们都有自己的家庭了。

在家里待了几个星期，小林就出去找工作挣钱了。他干过保洁，做过洗碗工，最苦的时候，一天就靠两个馒头来维持生活。

做了好几份工作，小林才在这家餐厅里稳定下来。讲完这些，小林告诉她，要懂得珍惜身边的人。

第二天，倪婵向餐厅辞了职。刚回到家，她的母亲抱住了她,一边哭,一边问她有没有受苦。

当天晚上,倪婵躺在床上,闻着被子被晒过的阳光味道,想起小林。想他被父母放弃时,会是怎样的神情,又是以什么样的心态,一个人摸爬滚打走到现在。

倪婵这次没有拒绝父母的要求,在家里专心准备考研。每天休息前,她都会和小林聊天,说一些鼓励的话。

倪婵研究生复试的那天,在去考场的路上,她接到了小林的电话,说他人在警局,要人来签字保释。挂了电话,倪婵想都没想,就改道去警局接小林。

倪婵把小林带出警局后,小林说他被餐厅辞了,没地方可去。她心里想着没有去成复试,回家也肯定是要挨骂,就干脆和小林去网吧里待了一宿。

在倪婵的追问下,小林才告诉她,他在上班的时候,遇到了一个刁钻的客人。小林一开始本着顾客至上的准则,一声不吭,可是到最后,客人居然打了他一巴掌。小林顿时失去了理智,和这个客人打了起来,店内的其他客人报了警,于是,他被警察带走了。他不想告诉他奶奶,也没有能说的人,那一瞬间,他想起了倪婵。

倪婵知道,小林其实是一个很要面子的人。看小林垂头丧气的样子，倪婵告白的话竟脱口而出，小林也告诉她，他其实一早就喜欢上她了，只不过一直不敢跟她说。两天后，倪婵和小林才找到了新的落脚之处。

第三天，她陪着小林去超市采购，被亲戚看见，父母知道后，将她带回了家。她考研复试消失以及和小林在一起的事，父母已经全然知晓，父母没有追究她没去考试的事，但是硬逼着倪婵和小林分手。倪婵不答应，以绝食抗议。整整一个星期，倪婵粒米未进，父母才勉强同意他们交往了。自那以后，小林偶尔也会来她家坐坐。

倪婵大学毕业后，就和小林结了婚。

小林被倪婵的父母托了关系，送进了朋友的公司，做财务部的总监助理。虽然只是打杂的工作，薪水却比原来高了很多。

有了倪婵家里的支持，小林更不希望输给别人，也怕会给倪婵丢脸。

小林看了不少的书，除了自己学习外，他还报了几个考会计师的培训班。几个月下来，他掌握了不少财务方面的知识，还给财务总监出了不少的好主意。领导开始越发重视小林，他的职位越来越高，工资也跟随着涨了不少。

倪婵个性强势，在感情中喜欢主导小林，让他按照自己的意愿做事，两个人在一起总会吵架，可每次小林都会先低头。

倪婵觉得小林能忍，可到了结婚的第三年，她才慢慢发现，小林回家的次数越来越少，偶尔，衣服上还沾有别人的口红。

倪婵一直劝自己要相信小林，直到她亲眼看见小林牵着另一个女人的手。

倪婵想放弃，就在此时，她发现自己已经怀孕了。倪婵的父母知道小林出轨的消息，劝她趁早打了孩子，离开他，这样能把对她的伤害降到最低，可她却执意要生下孩子。

她用孩子逼迫小林妥协，要他和外面的女人断绝关系。

小林对倪婵心怀愧疚，就答应了她。只是还没安分几年，小林又和那个女人再次勾搭上了。有一天，小林告诉她，那个女人怀孕了。

小林没有直截了当地和她提离婚，可倪婵从他为难的表情上，已经看出了他的心思。

小林说，在倪婵这里，他感受到的只有压力，他处处被她压着，感觉活得就像一个寄生虫。

倪婵心中对小林的失望累积多了，就变成了绝望。

签离婚协议时，倪婵除了孩子的抚养权，什么都没要。

小林和他外面的女人结婚那天，倪婵一个人在家哭。等我赶过去安慰她时,她似乎已经哭了很久。

倪婵告诉我,她也曾经试过挽回,可是,她知道,与其在一起不幸福,不如分开算了,不想放弃只是因为习惯了在一起。

我打心底里不相信倪婵不恨小林,可她却说,她也有错,对于小林来说,她太过强势,不懂示弱。

倪婵在家里住了几天,把孩子给爸妈带,一个人出去旅行。

等她再回来时,还带回来了一个新的男朋友,她窝在男友怀里小鸟依人的模样,大概就是她为了爱情所做的改变吧。

我想她已经懂得了适当的示弱能够让人生活得更幸福的道理。因为示弱,并不是真的软弱,把示弱作为打交道的技巧,能够帮一个人赢得对方的认可与尊重。与人交往如此,在爱情中和家庭生活中更是如此。

最完美的爱情,必然是有人强势有人示弱,两个人势均力敌,很容易就会因为一件事争执不下,互不相让,最后落得个两败俱伤的局面。懂得了在爱情里示弱就是懂得了两情相悦的精髓,就能够在爱里活得更加优雅。

我在你身边,却不在你的心里

一个心里没有你的人,不会在乎你的快乐与忧伤。爱上这样一个人,会让你一直活在沮丧和痛苦当中,因为这个人哪怕近在咫尺,你也会觉得他和你隔着天涯海角的距离。

陆西西结婚的时候,我作为她的同事兼闺蜜参加了婚礼。

婚礼结束后,我看见一个男人站在教堂的一角发呆。我问陆西西,那个男人是不是咕噜,她点了点头。

咕噜的原名叫顾鹭,陆西西常常跟我提起他。咕噜和她从小一起长大,是典型的青梅竹马。陆西西像所有小女生一样爱上了竹马,而竹马爱的并不是青梅,他爱的是聂双双。

初进大学时,咕噜对聂双双一见钟情。他追了聂双双好久,两个人才走到一起。

大二那年，聂双双得到了交换生的资格，之后便远赴法国，留下咕噜一个人在国内。异地恋太辛苦，聂双双最后还是提出了分手。

分手那天恰好是平安夜，街上的圣诞树挂满了彩灯，装饰得很好看。本该是欢乐的节日，陆西西却被迫坐在酒吧里，看着对面的咕噜往自己的肚子里，灌着一杯又一杯的酒。

那晚，陆西西终于没忍住，她告诉他，她喜欢了他很多年。

咕噜仓皇而逃，她看着他的背影懊恼了许久，想着大不了第二天就告诉他，一切都只是个玩笑。然而还没等到她解释，咕噜就主动找上了门，问她下课有没有时间陪他看场电影，她欣然答应。

从那之后，咕噜走到哪儿，陆西西就跟到哪儿。时间久了，大家都说陆西西是咕噜的女朋友，咕噜没有辩解。

聂双双回国的时候，陆西西还在宿舍里奋笔疾书。

听到这个消息后，她给咕噜打了个电话，但咕噜的手机一直处在无法接听的状态，陆西西突然就觉得一切都完了。

陆西西想去找咕噜，却在教室拐角处停住了脚步。她看见咕噜和聂双双就在门口旁若无人地拥吻，咕噜身边原本吹着口哨的朋友看见了陆西西，他抓了抓咕噜的衣角，咕噜才发现了陆西西。

隔得太远，陆西西没有看到咕噜当时的表情，脑子里一片空白。

等她缓过来时他们已经走到了她的跟前，她不知道该说什么，强扯出笑容对聂双双说欢迎回来。话音刚落，她看见咕噜松了一口气。

咕噜和聂双双重新在一起之后，表面上是陆西西退出了他们的圈子，没有与任何人联系，而事实上，自从他们在一起后，咕噜就再也没找过她。

后来，陆西西有了新的男朋友，叫楚恒。楚恒是她们班原来的辅导员，两年前从学校毕业，开了一家规模不小的软件公司。

毕业那年，陆西西拒绝了楚恒想要她进自己公司工作的邀请，找了一家小公司做文员。她和楚恒的感情逐渐稳定，就在她准备和楚恒去见老家的父母时，她接到了咕噜的电话，听见他在哭，她想也没想就去了他家。

她进到咕噜的房间里时，看到咕噜躺在地上，旁边都是酒瓶子。

咕噜告诉她，自从聂双双回国后，咕噜并不是不想找她，而是聂双双威胁他，如果他找她就会跟他分手。

昨天，一个自称是聂双双男朋友的男人找上了咕噜，聂双双解释说是和咕噜分手期间找的男朋友，咕噜便没有放在心上。直到他亲眼看见聂双双和那个男人走在一起时，才知道原来聂双双自始至终都在骗他。

陆西西最终还是答应和咕噜在一起，尽管她知道咕噜可能是因为痛苦想找一个人安慰，才找的她。

那天，陆西西到家时已经是中午了，她打开手机，里面有十几通来自楚恒的未接来电，她想了很久，一咬牙把她答应和咕噜在一起的事说了出来。直到挂断电话之时，楚恒一个字都没有说。

陆西西和咕噜在一起没多久，两家人约定好了他俩订婚的日子，顾阿姨牵着她的手，不知道有多高兴。直到有一天，陆西西收到一封信，信封里是一叠咕噜和聂双双拥抱的照片，日期正好是前天。那天原本是陆西西和咕噜挑戒指的日子，他却说他公司里有急事，改天再陪她挑。

她没有气愤，反而冷静得可怕。她把照片给了咕噜，问他是不是想和聂双双再在一起，他犹豫了一会儿最终还是点了头。

后来，陆西西在家里待了很久，不肯出门，不肯说话。她蹲在地上一遍一遍地试着戒指的尺寸，却发现戒指整整小了一号，过了一会儿，楚恒推开了她房间的门。

他说:"西西,当初我离开你并不是因为不再喜欢你,而是因为不想勉强你,你和我在一起时总是发呆,偶尔睡着时嘴里都念着咕噜的名字。现在的你就像从前的我一样,虽然一直待在他身边,却始终走不进他的心。"

隔了几天后,陆西西终于下定了决心。她约了聂双双见面,把咕噜精心挑选的订婚戒指交给了她。聂双双得意扬扬地戴上了戒指,而那戒指就像是为她定制一样,戴上去大小刚刚好,陆西西的心里像是有什么东西,砰的一声落了地。

和聂双双告别后,陆西西给咕噜发了个信息祝他和聂双双早生贵子,发送完毕后就将手机卡拔出来,扔向了一旁的垃圾桶里,心里感觉轻松不少。

等陆西西回到家,意外地看见楚恒正在和她妈妈交谈,见她回来,他扬起了一抹好看的笑容说:"欢迎回家。"

陆西西和楚恒结婚不久,就升级做了母亲。怀孕那会儿,她害喜害得厉害,肚子大起来时走路都不方便,只好辞掉了工作。我时常去她家里玩,楚恒大部分时间也在,有时候干脆就把工作都搬回了家里,整日守着她。

我望着楚恒把陆西西搂在怀里的背影,又想起咕噜,突然觉得美好的爱情也许就是这样吧。

我羡慕那些天长地久的爱情故事，懂得那里面有真情所在。

爱可以是一瞬间的事情，也可以是一辈子的事情。当一个人不爱你时，即使你在他身边，也不在他的心里，而当他真的爱你时，即使你们相隔再远，分开再久，他也一定回到你的身边。

第5章

优雅、淡定的底气,就是做好自己

一个人的优雅淡定,从某种意义上来说是一种自信。这种自信来源于对生活的处变不惊,对于在爱情中的人来说,也是一种不管离开谁都能好好生活的乐观态度。

不是每一次努力都有成果

不是每一次去爱都能有好的结果，也不是每一次拼搏都能换来最甜美的果实。但如果因此而放弃，只会让之前所做的努力都付诸东流。想要有所成就，要在面对困境时，坚持不懈地突破重围，而不是坐以待毙。因为成功的人，往往都是坚持到最后的人。

我和陆妙音是大学同学。

大学毕业后，我和她同时进入一家公司的策划部，开始了为期两个月的实习生活。最后，我度过了实习期，而陆妙音因为没有通过只能另找工作。

部门开迎新晚会的那天，陆妙音打电话告诉我她又投了一次简历，只是这一次她应聘的是公关部。

不久，她收到了面试的通知，并顺利地进入了公关部。

在公关部实习的日子不好过，陆妙音每天除了出去跑单，就是带着笑脸陪各位老总喝酒，最顺利的时候一天能接十几单。

两个月的实习期很快就到头了，陆妙音因为表现良好而留了下来。没过多久，老板给了她们第一个大单子。为了证明自己，陆妙音请了几个大客户一起喝酒。喝到桌上一大半人都东倒西歪后，陆妙音借着洗手的名义将喝进去的酒吐了个精光，吐完就晕了过去。

那天，陆妙音因为胃出血而住进了医院，次日那个单子被别的人靠着关系轻松拿下。

从医院出来后，陆妙音开始注重自己的身体状况，能推掉的酒席就尽量都推掉。我笑她终于懂得珍惜自己了，她翻了个白眼："身体才是革命的本钱！"

事情都是有双面性的：陆妙音的身体渐渐好了起来，业绩却一落千丈。

公司开年会的时候，还有人向陆妙音扔杯子。幸好，被同事阿茗看见，眼看着杯子就要砸到她的身上，阿茗替她挡了这一下。两个人的关系因此变得越来越好，几乎无话不谈。

到了大会总结那天，陆妙音发现阿茗趴在办公桌上哭。原来是因为前不久阿茗发现她的客户越来越少，都被另一个同事娇娇给抢走了，导致她今年的业绩排在最末。老板找她谈过好几次，看在她是老员工的分上希望她主动请辞。

陆妙音不忍看自己的朋友处于水深火热中，说分一半客户给她，可没过多久，她分给阿茗的那一半客户又被娇娇抢了过去，无奈之下她们只好另想办法。

后来，陆妙音从阿茗那里得知，娇娇仗着和经理有不正当关系，抢了不少人的单。情急之下，阿茗提议将这件事告诉上级，于是她们便写了一封信给老板。几天后，经理被撤了职，娇娇也离开了公司。

一切都在向好的方向发展，陆妙音和阿茗收回了原本属于她们的单子，业绩逐渐上升。

谁知后来事有变化。一天，陆妙音约我出去吹风，接到她的电话后，我匆匆赶到她身边。来不及问她到底怎么了，她就问我："你说人究竟为什么会变坏？"

原来，娇娇离开公司后，陆妙音以为一切都会像从前那样，只要她努力，就什么都有希望。直到某个加班的晚上，老板把她叫到办公室给了她一封解聘书，她才知道一切没她想象中那么简单。

陆妙音问老板要一个理由，老板叹了口气："你的客户已经不愿意再和你继续来往，所以你的存在对公司不会再有任何的好处和利益。"她不肯相信，就一个一个地给老客户们打电话，得到的不是关机就是抱歉的信息。

陆妙音消沉了好几天，终于重新振作了起来。她把自己的工作和阿茗做好交接之后就离开了公司。

第二天她打算到公司拿剩下的行李时，偶然间看到阿茗和同事A在休息室讨论着什么。

陆妙音本想上去打声招呼，碰巧听见自己的名字便下意识地停住了脚步。

原来陆妙音受到上司的力挺和赏识，业绩也名列前茅，是下届经理的热门候补人选，阿茗知道这件事后，便想尽办法阻止她成功。

恰好，那时陆妙音因为胃出血而进了医院，于是阿茗跟娇娇约好，只要这一次娇娇能拿下这笔单子，她就能把陆妙音挤走。于是，娇娇便帮她拿下了那笔单子。

等陆妙音出院了以后，阿茗便试着接近她。和她成为好朋友，也是阿茗计划中的一步。后来，阿茗借娇娇抢了自己客户的理由向陆妙音诉苦，果不其然陆妙音上了她的当，把自己的客户分了一半给了她，然而这远远不能毁掉她，她便再次以同样的理由找上陆妙音，只不过这一次她抛出了"娇娇依靠不正当手段来夺取他人的客户"的诱饵，想以此来清除娇娇这个障碍。因为阿茗知道娇娇背后的势力很大，为了以后不被娇娇报复，她偷偷地从那封投诉信上消去了自己的名字。而当时的陆妙音极其信任阿茗，连信都没有检查就交了上去。

陆妙音觉得自己的脸被现实狠狠地甩了一巴掌。

离开公司之后，陆妙音回了老家，我们之间的联系越来越少，只是常常看她发朋友圈，知道她开始在一家中小型企业做起了文秘。

"万事开头难"，陆妙音克服新手遇到的各种困难，脚踏实地地做好上司交代的每一个任务，没过多久，她就凭着自己的努力，帮上司做成了一桩大生意，也顺利地升职成经理。突出的业绩也让她的生活变得越来越好。

我再一次看到陆妙音是在一场演讲会上，那次的主讲人就是陆妙音。

那个时候，陆妙音俨然是业界小有名气的白骨精。我看见她把自己的过去像讲故事一样讲给了现场的所有人听，脸上已经是释然的表情，仿佛过去经受的所有伤害都已经在岁月的长河里不见了踪影。

底下的观众听得心潮澎湃，感叹着陆妙音的坚强和幸运，而只有我知道这个看起来云淡风轻的人经历了怎样的挣扎和痛苦，就像是一个在沙漠中迷了路的人，拼命想寻得生路却无法获得解脱。

演讲结束后，现场爆发出一阵又一阵的掌声，而我在看到她终于绽放的笑容后才终于明白一个道理。

这个世界有太多的不公平，不是每一次的努力都有成果，我们所能做的只有努力改变、充实自己，让世界为我们折服。

没有追求，你将一无所有

每个人都有自己的理想，想让自己变得更加优秀，想过上更好的生活。如果一个人失去了追求理想的能力，只是浑浑噩噩地过日子，就将永远得不到进步，也失去了收获幸福的资格。想要收获成功，唯有坚定自己的心，去努力、去拼搏。

我和阮冰是高中同学。

那时，我是班长，也是生活委员。阮冰虽然成绩平平，但是性格活泼乖巧，在同学中很有人缘，可在班主任的眼里她却是个问题分子。高三的课业紧张，就在所有人都为了高考拼命学习时，阮冰却喜欢在上课时发呆。班主任见她时常走神，教训了她几次，她也不以为然。除了我，大概没人知道，阮冰其实并不懒，只不过她没有什么喜欢的东西,所以做事、学习从来都没有目标。

对阮冰而言,生活就是得过且过。班主任拿阮冰没办法,于是通知了她父母。阮冰的父母得知此消息后,立马赶了回来,除了督促生活外,还给她报了很多培训班,像是要把过去她所缺失的亲情,一次性全补回来。

但阮冰早已形成的生活习惯,一时根本改不过来,再加上她内心的抵触——可想而知并不是花了钱、报了班学习就能好,差生就能马上变成优等生。

可是阮冰的父母不明白。

高中毕业后,我去北京读大学,阮冰的成绩并没有达到本科录取分数线,但她拒绝了父母想要她复读的意愿,报了浙江的一所大专院校。

大二的时候,阮冰交了一个男朋友,叫秦冠。秦冠人不错,有上进心,肯努力,和阮冰完全是两种不同的类型。我曾在私底下和秦冠聊天时,开玩笑地问他为何要与阮冰谈恋爱,秦冠听到后也只是笑笑。我有些担心,毕竟一段感情里,两个人的个性差得越多,越容易产生分歧。而事实证明,秦冠和阮冰经常会因为一些鸡毛蒜皮的小事吵得不可开交。

大三上半学期,秦冠偷偷帮阮冰报了专升本的考试。阮冰知道这个消息后,一时气愤,和秦冠提了分手,跑到我这边打工。秦冠来我这里找她求和,她也闭门不见。好在,秦冠很有毅力,花了整整半年的时间,才成功说服阮冰回学校继续上课。然而,阮冰却因为翘课太久,违反了学校的规定,被老师劝退。

离开学校后,阮冰没有留在浙江。她想和我在一起生活,便来找我,在我们学校宿舍附近应聘了一家小公司,干些打杂的工作。但没干多久,她就因为一些失误被公司炒了鱿鱼。

秦冠知道这个消息后,带她回了浙江,走前跟我说,他会带阮冰去见他父母。

就在他们去浙江后没多久,阮冰给我打电话让我去接她。我看到她时,她已经在外面等了好久,脸上的浓妆被雨冲掉了一大半。

头一次见她这样,我觉得好笑,打趣她:"诶,你说你这来回倒腾,是在整我吗?"阮冰没有回答我,看起来有点萎靡,我觉得有点儿意外,走近了才发现她在哭。

我们在离机场不远的酒店开了个房间,等她收拾好自己,我又领着她去吃饭。回家的路上,阮冰因为吃了东西,又变得活力十足,整个人静不下来,嘴里还一直嘟囔着秦冠的坏话。

阮冰告诉我,她跟着秦冠去见父母的那天,秦冠的父母留她在家里吃了一顿饭,中途,秦冠的父亲把秦冠叫了出去。吃完饭

第5章 优雅、淡定的底气，就是做好自己

后，秦冠的母亲让她陪着出去散步。在路上，秦冠的母亲提出让她离开秦冠。

秦冠家是书香世家，父亲是大学的校长，母亲是大学教授。他们很注重学历，而阮冰连大专都没毕业，也没个正经的工作。

在秦冠父母的眼里，阮冰除了长相好一点儿，一无是处。因此，他们觉得她配不上他，但是他们知道秦冠是个死心眼，认定了一件事就不会回头，所以希望她能主动离开他。

阮冰听着秦冠母亲字句里不见血的指责，内心半是煎熬半是羞愤，不知道该做出什么样的反应，低着头不肯说话。最后，她跟在秦冠的母亲后面回了家，秦冠的脸色不大对劲，想着他的父亲大概也是说了相同的话，她更觉得无望。

整理好一切，秦冠送阮冰回他自己租的公寓。两个人沉默着走了一路，还是秦冠先开口的。秦冠让阮冰重新去考大学，什么专业都好，至少能拿个毕业证，让他父母看看她想要和他在一起的决心，这样他才更有信心说服他们去接受她。

阮冰知道秦冠是为她好，可是她过不去心里那个坎。

她对着秦冠发了一通火："我就知道你也看不起我。"

秦冠皱紧了眉头，大概是觉得她太无理取闹，一气之下，第一次骂了她。

阮冰觉得更委屈了，扔了一句"分手"，便坐飞机回来找我。

阮冰告诉我，其实她走之前，听到秦冠问她，究竟有没有把他放在心上。不知道为什么，她不敢回答。

阮冰小的时候很渴望亲情，可是她的父母常年在外，没有人给过她关心。

也正是因为这样，她没有什么喜欢的东西，更没有人生的目标，不过是因为她害怕就算有了这些也得不到，于是就干脆不去想。

阮冰说，如果这一次秦冠不主动找她，她绝对不会再和他在一起。我没有把这句话放在心上，想着说不定过几天他们就又和好了。

然而，这一次，秦冠像是真正决定和阮冰分手似的，再也没有了消息。

没过多久，阮冰告诉我她接到了一所公司的聘任通知，说是做满一年就能直升经理，薪水也高，她打算去试试。

可是没有想到的是，没过半年，阮冰所在的那家公司就因为涉嫌违规被查封。阮冰没有抵挡住这家公司给的薪水诱惑，最重要的是，她判断失误，年前还被说动和其他几个员工交了一大笔任职的押金，这会儿都被老板卷走了。

那个晚上，阮冰跟我说，她在知道被骗钱后，想得更多的是秦冠，她觉得就算失去了所有，她也还有他。可当她拨了秦冠的电话，得到的却是空号的消息，那一刻，她觉得她失去了所有。

阮冰消沉了好几日，最后决定回到父母身边。

阮冰前脚刚走，秦冠却找上了我。自阮冰那天生气离开后，秦冠也颓废过一阵子，甚至换掉了手机号码，可他们在一起那么久，又岂是一朝一夕能够忘掉的。他想尽办法劝父母接受阮冰，这一次，他的努力没有白费，父母总算是松了口，给了他一丝希望。

我把这个消息告诉了阮冰，对她说如果还爱他的话，就赶紧回来。阮冰的拒绝出乎我的意料。像是知道我的疑惑，她跟我说："和他在一起的时候，我没什么追求，也没怎么把他放在心上，不愿意为了他去做改变，而现在，我想通了。"

她跟我说，她还不够好，她想变得更好，想成为能够站在秦冠身旁的那个人。听了她的一番话，我想她是成长了，就祝愿她能够心想事成，希望两个人都能够有一个幸福的未来，若是以后在一起，别忘了告诉我，我要来贺喜。

无论是在事业中，或是在爱情里，人都一定要有自己的追求。只有当你有自己想要的生活，拥有不断追求的目标时，才会自觉为之付出相应的努力，也才能过上更好的生活，配得上想要一起生活的那个人。

/在复杂的世界里,优雅淡定做自己/

幸好,你一直都在

人生有许多的不确定,唯一能确定的是,他爱不爱你,以及你有没有一直和他在一起的心意。如果有,就别轻易放手,因为爱一定就在你的身后。

暗恋一个人大概是什么样的感觉?甜甜的,又带着一丝心酸。

江宁是我的发小,她暗恋的人,是她公司楼下一家名叫欢喜蛋糕店的西点师傅乔甄。在江宁进入搬到新公司之前,她去那家店买过一次蛋糕,店里的老板很好,时常会附赠她一些小玩意儿,之后她便常常去店里。

江宁喜欢这家蛋糕店,不仅是因为它就坐落于新公司的楼下,还因为这家店所销售的冰可乐不像其他蛋糕店,为了好看和新鲜掺加不少柠檬片，这让江宁对这家蛋糕店的好感度直线飙升。江宁喜欢喝加冰的可乐，却极其讨厌柠檬。

很多人都问江宁到底为什么喜欢乔甄，她也不知道具体原因，只告诉我，她觉得乔甄的声音很好听，像赖柯的一样好听。

赖柯是江宁在大学时就认识的网友，他们相识的时候，电竞游戏刚火不久。那时候，英雄联盟的贴吧里，总会有不少电竞爱好者在吧里喊人进群，而赖柯和江宁恰巧被拉进同一个群。

江宁喜欢打游戏，每逢周末就会窝在家里，一打就是一整天。她每次觉得一个人玩得过于无聊，就会在群里喊人一起开黑，那一次答应和她一起玩的人就是赖柯。赖柯人不错，游戏也玩得很好。

相处的时间久了，江宁就和赖柯互换了电话号码，每天在固定时间一起玩游戏。江宁很喜欢和赖柯在一起瞎聊天的感觉，不用担心尴尬和冷场。比起没有一面之缘的网友，赖柯在江宁的印象中，更像是一个相识多年的老朋友。

认识赖柯的第三个年头，江宁所在的公司因为运营问题需要裁员，为了保住自己的工作，江宁每天都会想不同的文案交上去，但最后都会被拒绝。被拒绝的理由不是因为点子不够新意，就是因为实行起来太困难，这也让她一度跌入谷底。

可她并没有放弃，反而干得更为起劲。她找了很多资料，熬了几个通宵，终于拿出了一个自己满意的方案。

确定后的方案送上去后，她也得到了领导的嘉奖和重视。就在江宁决定和朋友吃顿大餐来好好犒劳这几天的拼命时，却突然被经理告知她的方案涉嫌抄袭，当事人竟是她平时最好的朋友姜怡。

江宁想起前几天她刚好将这个方案给姜怡看过，那个时候，她压根没有料到，背叛她的人会是她最亲近的人。

江宁想了很久，决定亲自去问姜怡为什么会这么做。

可江宁得到的答案出乎她的意料之外，不是因为受人胁迫或者迫不得已，仅仅是因为不想放弃这份工作。江宁趁着姜怡没注意的时候，偷偷地将她们俩的对话录了音。

十几年的朋友，说背叛就背叛，完全不顾昔日的情分，江宁一时接受不了便在公司里大闹了一场，她揪着姜怡的衣领想要揍她一顿，却被经理拦了下来，在同事的极力劝说下，她才收了手。

那天晚上，她一夜没睡，脑子里想的都是她和姜怡的过去，她不知道应该怎么取舍。第二天，她把准备好的辞职信交给了经理，却没有把录音拿出来。

她这个人从小性格就有毛病，爱打人、爱喝酒，一点儿都没有花季少女该有的温柔和可爱，这导致这么多年，她的身边只有姜怡一个朋友，她还是舍不得伤害这份友谊。

江宁离开公司时，姜怡就跟在她的身后，看着姜怡想开口却欲言又止。江宁没有理她，低着头收拾好自己的行李就准备走。离开办公室时她收到姜怡的短信，上面只有"对不起"三个字，江宁拿着手机愣了一下，到最后也还是没有回复她。

整整一个星期，江宁将自己关在家里，睡了醒醒了睡，连她自己都不知道已经睡了多久，想挣扎着起来却发现自己一点儿力气都没有，只能躺在床上直叹气。

大概是觉得江宁视游戏如命，不可能好几天都不上网，赖柯打电话来问她怎么了，是不是发生了什么事。

几天来的委屈在赖柯的不断询问之下忍不住爆发，她拼命地哭了起来。赖柯听到她的哭声一时慌了手脚，不知道应该怎么去安慰她，只好默不作声。江宁发泄完自己的愤怒，慢慢地冷静了下来。

她跟赖柯说了最近的遭遇，说着说着就又因为发烧和脱水晕了过去。半梦半醒间她觉得有人在喊她的名字，还有人一直试图给她擦拭身上的汗渍。

江宁醒来的时候已经是隔天的中午，她舔了舔干裂的嘴巴，身边空无一人，客厅的桌子上放着粥和其他的食物。

她端起粥喝了两口就开始吐，刚逼着自己吃了一点儿，赖柯就又打电话过来问她好点儿没有。江宁问他，昨晚照顾她的人是不是他，赖柯却说不是。江宁想想也对，毕竟两个人又不是现实中的朋友，她也没有和任何网友透露过自己的真实地址，于是草草地挂了电话。

在没有遇到赖柯之前，江宁从不相信有一见钟情的感情，更何况是网恋这种虚无缥缈的东西。可自从两人交了网友后，她发现自己变得越来越依赖他了。

刚失业那会儿，江宁几乎每天都要和赖柯通电话，不管是受到什么挫折，甚至一个人无所事事时，她都想要"骚扰"他。江宁知道，这对她来说，并不是什么好预兆。要和一个不知道底细的人谈恋爱，无疑是有很大风险的。

临近年底，江宁才找到了现在这份工作，工资没有之前的高，但也勉强能糊口。为了逼自己不要成为网恋的受害者，她狠下心切断了和赖柯的所有联系。

有一天，江宁因为前一天熬了夜而隔天的闹钟又没响，醒来的时候已经快到上班的时间，她想也没想就赶去上班，刚坐下胃里就开始抽痛。

她忍着不舒服的感觉熬到了规定的休息时间，便冲进了楼底下的欢喜蛋糕店买了块蛋糕。那天老板恰巧出了远门，乔甄做完蛋糕后顺手接替了服务的工作，就在他开口问她要什么口味的蛋糕的那一瞬间，江宁想起了赖柯。

为了嘉奖员工们的努力，老板决定给他们放假。紧接着工作群里有人喊没劲，江宁也没反驳，她也觉得无奈，毕竟老板口中所谓的放假，其实也不过就只是给他们一个活动活动筋骨的时间。

突然的休息时间让江宁不知所措，她不想回家，也没有其他地方可去，就跑去楼下的网吧打游戏。或许是因为太长时间没有玩的缘故，江宁连着输了好几把，看着自己惨不忍睹的战绩，她决定买杯水冷静冷静，却在买水的途中看见了乔甄。乔甄没有看到她，他死盯着屏幕，操作键盘的手法看起来很厉害。

江宁好奇，便偷偷地看了屏幕一眼，却看到人物昵称那一栏写着"赖柯"两个大字。她忍住质问他的冲动，跑到自己的位置上，看到了赖柯在线的提示。她想了半天才问他，是不是和她在同一个城市，等了很久赖柯才给她回了一个"是"。

江宁清楚乔甄已经知道自己认出了他，心里杂乱无章。她没敢再去蛋糕店，上班的时候碰到店里有人，她会挡住自己的脸仓皇而逃。

国庆休假那会儿，江宁回了老家，逛街的时候遇上了姜怡。

姜怡原本短到耳根的头发已经齐肩，身边的男生搂着她，状似亲密的样子。

姜怡看到了江宁，而后她便被姜怡拖进了旁边的咖啡馆。那天姜怡跟江宁讲了很多江宁从未听说的事，包括乔甄。

大学时候，乔甄对江宁一见钟情，他知道江宁所有的喜好，整天给她带一些她喜欢的小玩意，却根本不知道那些代表他心意的东西送到了姜怡的手上。姜怡以为是送给自己的，就悄悄地留了下来。她故意接近乔甄，乔甄知道姜怡和江宁是好朋友，所以对姜怡也就格外的好，可他不知道姜怡就因为这样迷上了他。

那时江宁有一个男朋友叫沈墨，沈墨是当时所有女生的梦中情人，因为他长得好看，家里又有钱。

江宁和沈墨一个班，那个时候他们被常常被班主任点名，一起做卫生，一起策划班内的活动。沈墨说他喜欢有才气的女生，而江宁在众人的心中也刚好符合沈墨的要求，他们之间的绯闻就在校内莫名其妙地传了开来。

江宁也曾想过否认，可沈墨并没有表明态度，反而更加亲近她。她觉得和沈墨在一起也挺好的，也就顺理成章在一起了。

乔甄和沈墨完全不一样，乔甄人长得一般，站在人群中一点儿都不显眼。江宁和沈墨在一起后，乔甄由以前的小心翼翼变得更为心思沉重，他觉得自卑，悄悄离开了江宁。

没了江宁，乔甄也不再刻意接近姜怡，姜怡不明白这其中的缘由，于是乔甄便把他喜欢江宁的事说了出来，姜怡从此开始记恨江宁。她终于找到机会报复了江宁，可她并没有觉得快乐——她知道就算是没有江宁，乔甄也不会爱上她。

江宁离开公司后，乔甄来找过她，他说江宁生病了，他很担心，姜怡看着他急切的表情，决定把这段感情放下。她把江宁的地址和备份钥匙给了乔甄，然后就离开了公司。她在家里做了老师，然后和父母安排的对象谈了恋爱，年底就准备结婚。

她把这件隐藏了很久的事说出来，才终于感觉松了一口气。临走的时候，姜怡抱了抱江宁，并告诉她乔甄始终很在乎她，希望他们不要再错过。

江宁在我这里住了一晚，隔天我和江宁都听到了乔甄的声音，他说他来送外卖，而他手上端的正是江宁最爱的冰可乐。

我看见江宁脸上一点点绽放的笑颜，就如同可乐里的冰块随着热度的增加慢慢融化，最后融于这春意盎然的世界。

人与人之间不是一次遇见就是一次别离。如果遇见和别离相隔不久，那么遇见的人与你就只是个过客，但如果一次遇见后不想再别离，甚至要再别离就是一生，那么即使不是密友也是枕边人，就是说你遇见了那个爱你的人。

女孩别认输

有的女孩的心中住着一个公主,渴望被人宠爱,也有的女孩心中住着一个女王,自己承担着一切。可不论是公主还是女王,都不能轻易认输。因为眼泪只是弱者的表现,会让你失去所有的骄傲。

在上大学以前,我常常会想,人的一生,究竟有多少次磨难。

直到我见到米粒的那一天,我才知道,原来挫折就在我们身边,当它发生时,我们连怨恨的权利都没有。

我刚入学时,学校的宿舍都是混合寝室,一个寝室五个人,来自不同的专业,我是金融系的,而米粒学的是互联网计算机技术,也就是我们说的IT(Internet Technology)。

学IT的女生很少，学得成功的更是凤毛麟角，米粒刚好两样都占全了，在男女比例为男九女一的计算机系里，米粒的成绩能排上前十，不仅每年的奖学金名单都有她，国内大大小小的比赛，米粒也没少获奖。

米粒得到的荣誉越来越多，正所谓，欲戴皇冠，必承其重。

米粒和常人不太一样，她的一双腿是假肢。因此，无论走到哪里，米粒都要拄着拐杖，行走时间长了，还必须坐轮椅。

大概是因为身体的缺陷，米粒和其他同学不怎么亲近，总是一个人，性格孤僻。毕业前的最后一次体能测试，班主任要求全体学生都参加，米粒的腿脚不方便，班主任给了她特许。

可就在我们准备测试的时候，米粒也跟了过来，老师见拦不住她，就让她和我们一起测试，只不过我们是测试，而米粒却是慢跑。

测试结束后，米粒躲在角落里扶着腿喘气，脸色苍白得不行，我扶了她一把，回到宿舍后她来谢我。

米粒的脚并不是天生的残疾，在她刚上高中的时候，曾经和父母去隔壁的城市旅行，途中遇到过一次大地震。在碎石砸下来的时候，米粒的父母用身体护住了她，于是一家三口，只有米粒活了下来。

虽然侥幸能继续生存,可被救援队救出来时,米粒的腿因为长期弓在石头缝里,彻底失去了知觉。

石灰和水泥也让米粒腿上的伤口跟着溃烂,没有一块完整的肉,为了活下去,她只能遵照医嘱进行截肢手术。

在医院的那段日子,米粒的心里只有绝望。每一个夜晚,她都会从噩梦中惊醒,然后自怨自艾地生活下去。

米粒失去了父母,可她还未成年,没办法挣钱养活自己,只好寄住在一个又一个亲戚的家里。寄人篱下的日子不好过,而在学校的生活,令米粒更加难熬。

班上的同学大多瞧不起米粒,也不喜欢跟她玩,还有人当着她的面嘲笑她是个残疾人。那个时候,米粒有一个很好的朋友,叫阿绿。

阿绿是一个很爱笑的女孩,她从来没有嫌弃过米粒,还总是带着米粒一起玩。久而久之,米粒就把阿绿当成除了亲人以外最重要的人。

一天,米粒为了早点儿习惯新换的假肢,围着学校走了一圈,走到体育室时碰巧在外面听到里面传出阿绿的声音,才知道原来阿绿在她面前的友好,都是为了森也。

森也是米粒的同桌,也是她身边唯一的男性朋友。

喜欢森也的女生很多,阿绿也是其中的一个。然而,森也偏偏只和米粒亲近。为了吸引他的注意,阿绿才故意接近米粒。听着阿绿嘴里吐出的那些不堪入耳的话,米粒再也不敢相信任何人,包括森也。她变得越来越沉默,不和任何人接触。

米粒说完这些,眼里已经泛起了泪花。我沉默了一会儿,问她是不是喜欢森也。她犹豫了一会儿,没有否认,只说当她看见他时,总会觉得自卑。

我和米粒的关系越来越好,大学毕业后,米粒还特意找了一家离我近些的软件公司,负责游戏程序的设计和开发。

刚进公司时,米粒空有一身才华,却不受公司的重视。有一次,公司接了个大单,要做一个大型的网游,因为原本的制作人数不够,又在内部进行扩招。

米粒熬了几个通宵,才把程序写出来。那一次,米粒的想法和设计终于得到了领导的认可,就连设计总监都对她赞不绝口。一时间,米粒成了公司的名人,风光无限。

随着名声变大,公司里关于米粒的风言风语也越来越多。米粒听到了很多种版本,有的说她是靠着家里的关系,有些人还拿着她身体的缺陷来嘲笑她,说她没腿也能上位。

晚上用微信聊天的时候,我问她,是不是真的已经不难过了。

第5章 优雅、淡定的底气，就是做好自己

她愣了一会儿道："有些人从来都是吃不到葡萄说葡萄酸，不过都是些嫉妒我的人。"话毕，还附了一张用她的脸做的表情包，一眼看上去就像只傲娇的孔雀。我被她逗乐，想起大学时的米粒就是这样，即使身有残缺，也从来不肯认输。

米粒的设计通过对方公司的初审时，她有了一个新的朋友，林然。

林然是网游设计的制作人之一，也是公司里最照顾米粒的人。米粒也对她很好。

拿到赚到的第一桶金后，米粒请我吃饭，同行的除了林然，还有甄诚。听米粒说，甄诚是她那组的组长，平常也很照顾她。看着米粒不断飘忽的眼神，我问了她好几次，她才忍不住改口，红着脸说甄诚是她的男朋友。

吃完饭，甄诚又带着我们去唱歌，趁着他们去点歌的时候，米粒和我说起她和甄诚的事。

甄诚是个老好人，对谁都特别细心，米粒对他也有着极大的好感。最初，米粒没有觉得甄诚对她有什么不同，可有一天甄诚却跟她说，他喜欢她。米粒禁不住他的一再讨好，两个人就开始了交往。

和甄诚在一起的第二年，米粒在公司里已经有了几个大作

品，是下一任总监的有力候选人。

米粒信心满满地带着她几天前做好的作品，给公司递了升职申请。没过多久，却被公司告知，林然早她一步提了升职，更重要的是，她们俩的作品完全一致，因为林然的时间早，所有的一切都被盖棺定论。

米粒不服气，带着程序的草稿和总监争辩，令她更惊讶的是，林然的草稿也和她的一模一样，而米粒仍是比她晚了一步。

慌乱中米粒想起她曾经和甄诚一起讨论过设计的理念，便让他帮她做证，甄诚却说他什么都不知道。到了此时，米粒再傻，也都知道甄诚和林然都背叛了她。米粒心灰意冷，选择了辞职。

递辞职信那天，米粒想问甄诚背叛她的原因，跑到他办公室去堵他，却正好从门缝里看到了他和林然在聊天。那天，米粒才知道，甄诚和林然原本就是一伙。

在米粒接到网游那项工作之前，林然一直都是公司的设计红人，总监原本的人选也是她。可自从米粒的设计火了，公司里对她也就采取了暂时搁置的措施。

为了保住自己的地位，林然开始有意无意地接近米粒，而她知道，米粒对甄诚一直有好感，就干脆拉着他一起，两个人合起伙来，想要把她赶出公司。

米粒没敢听完他们的对话，摔了门快速跑了出去，她越跑越急，脚上的伤口因为剧烈运动的缘故，疼得她浑身发抖，最后她倒在了街边。知道米粒又住进了医院后，我急忙去看她。

那晚，米粒一直盯着床头愣神。我想去找甄诚，给她出口气，却被她拉住："我想去A市。"

因为不忍再面对这座城市带给她的痛苦，她迫切地想要离开。

米粒出院后，辞了职。整整一年后，米粒的腿才恢复了行走能力，再次出去找工作。

几番折腾后，米粒才找到了一家游戏公司，做的事和以前大同小异。这一回，她的上司是森也。

米粒在公司里待了足足三年，靠着她的本事，终于坐稳了总监的位置。她跑来我家庆祝，等我摆好了庆功宴，她告诉我，她准备和森也结婚。

她说，在她刚进公司的时候，森也告诉了她一件事。

森也告诉她："我从高中开始就一直很喜欢一个女孩，我知道她经历的痛苦有多大，可她从来不喊苦，而那天她在门口听到阿绿的话时，我其实也跟在她背后。我一直想告诉她，我会永远陪着她。"

时光兜兜转转，最初的两个人终于再次相遇，牵着手一起走到了最后。

或许在每个人的一生中，都存在着许许多多的困难和挫折，让你对不可知的未来充满恐惧，让你陷入痛苦的沼泽里无法脱身。但请不要认输，因为伤害已经无法挽回，只有努力活得更好，才会得到命运的馈赠，才能将未来紧紧地握在自己的手中。

第6章
爱得美好，活得精致

爱得美好，对于一个女人来说就是幸福。可是，一个女人不仅要有甜美的爱情，还要能活得精致，因为活得精致是对美好的追求，是对生活的热爱。一个追求精致的人，才能够无论什么时候都看起来优雅而淡定。

心怀梦想的你很美

人都有梦想,也正是因为有梦想,才使人有了想要让自己变得更优秀的愿望,也才有了与命运抗争的决心。为了梦想坚持不懈,饱受磨难却从不退缩,那般勇往直前的你,才是这个世界上最美的存在。

老同学绿柚的舞蹈培训班开班当天,打电话让我去给她捧场。

我进了屋内,看见绿柚在和一个小女孩比画着手势,想要向她解释什么。

和这条街的其他培训班不同,绿柚的培训班是为了聋哑人而专门开设的。这里的每一个人,不是因为先天患有听力障碍,就是因为得病而渐渐失去了听觉。

等小女孩被家里人领走后,绿柚告诉我,那个小女孩叫咪咕,才刚来没多久。

咪咕五岁的时候,生过一场大病。她连续高烧了几天,从此耳朵再也听不见任何声音。

而在此之前,咪咕是一个多才多艺的小姑娘,在幼儿园里可谓一枝独秀。

然而,自从她失去听觉之后,其他的小孩子都不愿和她玩。这让她十分失落,不肯再去上学。

咪咕的父母担心她在家里会胡思乱想,再憋出什么病来,就把她送来绿柚这里接受舞蹈方面的培训。

为了不让家里人担心,咪咕只好点头同意,可等她的父母一走,她又会恢复原状,躲到角落里,一声不吭。

绿柚没办法,磨了两三天,咪咕也无动于衷。我看着站在墙角的咪咕那倔强的眼神,像极了曾经的绿柚。

绿柚刚出生的时候,就患有先天性失聪,常年都得戴着助听器,才能听清别人说的话。绿柚的父母心疼她,就一直没敢告诉她这件事,他们尽心尽力地照顾她,给她最好的生活,把她当成和别人无异的普通人看待。

刚开始,绿柚也没有觉得自己的身体不正常,直到开始上学后，她才发现自己和别人不一样。

有一次，绿柚和同学疯闹时，不知道把助听器丢在了哪里，那一整节课，她都没有听见别人的声音，只是呆呆地看着别人一张一合的嘴。

老师看她在发呆，叫她她也不应，气得让她出去罚站。回去之后，绿柚向父母问起这件事，她才知道，原来她的听力有问题。

从那天开始，绿柚就常常觉得自卑。

我和绿柚最初相识是在高中。那时，绿柚常常受到别人的嘲讽，没有一个人肯接近她。

那会儿，我是班上的文娱委员，专门负责节日晚会的编排。

我和绿柚虽然平常交集不多，但很多时候，她会主动来帮我的忙，因此我对她的印象还不错。

绿柚一直都很喜欢跳舞，她想要在真正的舞台上跳一次，于是，在元旦的前一个月，绿柚找到我，希望我能帮她报一个独舞。

我把绿柚的节目报给了上面，她便开始着手准备。因为好奇，我偶尔会去偷看她练舞，看着她戴着助听器，一遍一遍地听着节奏。

偌大的舞蹈室里，我的眼中只装得下绿柚踮着脚尖旋转的背影，那背影透着一种不被理解的孤独，美艳到不可方物。

一开始,绿柚对我表现得很是抗拒,后来,她慢慢地接受了我的存在,还会时不时地向我询问意见。

就这样,我成了绿柚第一个,也是唯一一个朋友。

不久,有人看到我和绿柚在舞蹈室练舞,隔天,绿柚要参加独舞的消息不胫而走。

之后的那几天,几乎每天都会有学生站在窗户外面,盯着绿柚的一举一动。甚至还有人笑道:"聋人还能跳舞?听得见节拍吗?"

面对众人异样的眼神和讽刺的话语,绿柚淡然的态度出乎我的意料。

晚会举行当天,绿柚的舞蹈跳至一半,有人故意切断了音乐。

绿柚只是愣了片刻,为了不影响后续的表演,她硬着头皮继续跳舞。最后,绿柚在完全没有伴奏的情况下,跳完了一整支舞,而那支舞蹈也让她在学校一炮而红。

绿柚的舞蹈被观众录成视频,传到了网上,不久后的某一天,一所舞蹈学院,给她发了提前录取的通知书。

绿柚兴奋不已,她和家里人商量后,开始正式接受专业的舞蹈训练。

刚进入大学时,绿柚毕竟不是科班出身,和别的人相比,总是差了那么一大截。好在，她一直不断努力，才勉强跟上别人的进度。

大二的时候，老师在班上选了几个人，去参加国际舞蹈比赛，绿柚也在名单之上。那时，和绿柚一起参加比赛的，还有齐家明。

齐家明作为班草级人物，不仅长得帅，成绩还好。他拿过大大小小的奖，在学院里也算是半个明星。不仅如此，他还是绿柚从高中时就暗恋的人。

那最初的心动，是因为有一天她路过舞蹈室时，看到了正在里面练舞的齐家明。他跳得很认真，那一刻，绿柚仿佛看到他的全身都在发光。

那是绿柚第一次对跳舞产生了浓厚的兴趣，而在此之前，她从来没想过，听不见声音的她，有一天也会走上艺术这条路。

练舞是件很辛苦的事，每当绿柚觉得快要坚持不下去时，她就会去看齐家明跳舞。她从他身上获得了一次又一次的勇气。

可绿柚不敢齐家明告白，因为喜欢他的人实在太多，而她算不上优秀，身体上还有残缺，她一度觉得，齐家明和她隔得不仅仅是一个世纪的距离。

去参加比赛的途中，齐家明送了一副助听器给绿柚，说是他攒了好几个月的钱买的，还拍着胸脯，向她保证收音效果一定绝佳。

绿柚以为齐家明是觉得自己的缺陷会让他们难堪，她低着头，既羞耻又惭愧。可下一秒，齐家明却当着众人的面跟她告白。

绿柚没有回答，只是那一场比赛，她因为心不在焉，听错了好几个节拍点，输得一败涂地。

等她下台的时候，有个评委让她不要再学舞蹈，语气里都是嘲讽。顿时，整个比赛会场爆发出哄堂大笑的声音。

就在那一刻，绿柚受挫，想接近齐家明的心思也打了退堂鼓。她已经受过太多别样的眼光，不想让自己喜欢的人也因此被人指点。

回学校后，绿柚一直躲着齐家明，可齐家明反而对她穷追不舍，即便学习再忙，也会抽出时间来陪她。

长此以往，绿柚也被他认真的态度软化，两个人才算真正地走到了一起。

刚在一起的那段时间，齐家明因为绿柚受到了不少的诋毁，绿柚心里不是个滋味。一直到离开大学后，绿柚才觉得好受一些。

工作了几年后，齐家明觉得和绿柚的感情已经稳定，就带她去和父母见面。

绿柚紧张了一整天，等她好不容易觉得放松了，却听见齐家明在和他父亲吵架，她听到他父亲说："这么多女生你不选，怎么选了个有残疾的？"

绿柚感觉自己的自尊被一点点踩碎，她没有接受齐家明的挽留，跑出了他家。她不愿意回家，也没有心思工作，在外流浪了一个星期后，来到我工作的地方。我帮她整理行李时，她突然告诉我，她打算放弃齐家明。

第二天早上，齐家明也来了我这里，绿柚见到他就要躲，被他硬拉住，告诉她他父母已经同意他们在一起，还说起了他喜欢绿柚的原因。

齐家明的父母都是学舞蹈的，所以从小他是被父母逼着学的舞蹈，可他对舞蹈没什么大的兴趣，只是为了父母的意愿，才强迫自己学。

舞蹈的训练过程，很苦也很枯燥，他一直觉得自己一定坚持不了多久，直到他见到绿柚在台上，明明没有音乐，却仍努力跳完一支舞的样子，让他的内心受到莫大的震撼。从此，他不只对绿柚上了心，对舞蹈也燃起了热情。

讲完这些，齐家明单膝跪地，拿出早就准备好的戒指，问绿柚愿不愿意嫁给他。

我看着绿柚伸出来的还在微微颤抖的手，可在戒指套上的那一刻，却忽然坚定地握成了拳。

绿柚结婚后，就在新家附近开了一个舞蹈培训班，专门教一些患有先天性病因的儿童。她想要带给他们努力生存的勇气，更想要帮他们实现，他们心中渴望已久的梦想。

培训班开设的第三年，咪咕终于接受了绿柚的关心和指导，舞蹈练得愈发有模有样。

等孩子们都学得差不多了，绿柚就带着他们去参加比赛。我看着他们努力拼搏后捧着奖状笑得开怀的样子，很是为他们高兴，更加明白了梦想的重要性。

梦想会为一个人的人生开启无限可能的大门，有梦想就能砥砺前行。

颁奖典礼结束后，绿柚带着孩子们在媒体面前发表获奖感言时，激动得瞬间涌下了热泪："不管前路如何艰难，只要你坚持自己的选择，克服生命中所有的障碍，在人生的舞台上，就一定会有人为你鼓掌。"

不公平是可逆转的命题

有人明明足够优秀,却因为境遇、家世等原因,迟迟不能成功,但只要自己不放弃,也能让过去受过的所有苦难和不公,转换成自己前进的动力。

洛洛的成功,让她成为我们那一届的风云人物。她甚至还被导师与班主任当成了成功的范例,把她的故事讲给了后来的新生。

洛洛是大二时才转来我们班的。没多久,她就拿到一个国内的比赛大奖,表彰牌在学校里挂了好几天。

自从洛洛得到大奖后,她在学校里就成了红人。俗话说得好,人红是非多。

那天,我从外面打工回来去找洛洛吃饭时,看到她站在自己的衣物柜子旁边,而那柜子早已被人翻得乱七八糟。

前几天,洛洛的室友纪宁丢了一条贵重的项链,听说那项链是别人送给她的生日礼物。

恰好那几天,洛洛拿到了学校给的奖学金,好不容易想要犒劳自己,买了不少东西,却让纪宁以为是洛洛偷走了她的项链拿去倒卖换了钱。

无论洛洛怎么解释纪宁都不听,她认定了小偷就是洛洛,边翻柜子边说道:"不是你还能是谁?你平常不是不舍得花钱吗?现在怎么买了这么多东西?"

洛洛心里不服气,气愤道:"我难道就不能买点好东西吗?"

纪宁看洛洛死活不肯承认,慢慢来了脾气,对着她一通乱骂。

见纪宁说得起劲,周围的人也都跟着一起嘲笑、辱骂。

之后,洛洛什么话也不再说了,不顾纪宁气急败坏的叫喊,拉着我离开了现场。

洛洛是山里长大的孩子,父母都是农民,她还有三个弟弟,家里的财产数得着的就一头牛以及一台黑白电视机。或许印证了"穷人的孩子早当家"这句话,洛洛从小就特别勤快,不止如此,她还很聪明,考试成绩从来没有低于过前三,老师把她当作重点培养的人才。高考过后,她收到了一所名牌大学的录取通知书，家里人却不希望她继续读书，想让她休学，再出去打工赚钱供三个弟弟上学，减轻家里的负担。洛洛一心想读书，争取了一个暑假。

刚进我们班时，洛洛不大习惯，可早在她来之前，老师就已经通知过我们，让我们不要歧视洛洛的出身。但是没有想到，还是有人因为这个为难她。

不过，盗窃事件发生后不久，纪宁就在别的同学那里搜到了她的项链，洛洛所受的不白之冤才得以洗清。

大学毕业后，洛洛的父母喊她回去，她没有同意，开始独自在外打工。一开始，洛洛没有能帮她的人，大公司不好进，小公司只有她一看就不规范的那种愿意录用她，还有就是她觉得不合适不想去的，这样一来，她只好到处面试。虽然洛洛没再找家里人要钱花，但是毕业后的几年也不容易。后来她好不容易挤进了心仪的一家公司，可始终没有得到重用。

也是在那段时间，洛洛认识了向磊。向磊是洛洛的同事，自从她进了公司，就对她特别殷勤，总是和她聊天，帮她排忧解难，看她不开心，还会给她讲笑话。慢慢地，向磊俘获了洛洛的心。洛洛和向磊在一起的第七年，向磊向洛洛求婚了。这七年里，洛洛为他打过胎，还把本该属于自己的荣誉让给了他。

我以为向磊会看在洛洛为他牺牲了这么多的分上，好好珍惜她，直到有一天，洛洛找我出来喝酒，我才知道她和向磊已经离婚的事实。原来，前不久洛洛发现向磊有外遇，外遇的对象是她们总经理令申的前女友，是个有钱人家的大小姐。

那天，向磊提了离婚，洛洛问他为什么。

向磊犹豫了一会儿，表情很是难堪："因为她能帮我。"

洛洛没有说话，她看着向磊渐行渐远的背影，忽然有些难过。

有时候想想，或许，很多时候，大家都身不由己，别人能这么做肯定有他的原因。有些伤害，虽然没法原谅，但是也只能慢慢接受。

好在，洛洛没有伤心多久，反而把痛苦都化作了前进的动力。

她不仅每天工作到深夜，连休息日都在工作，希望能交出一份最完美的文案。没有多久，洛洛的能力终于得到了上头的赏识，公司对她也开始重视了起来。随着经验越多，洛洛对工作也是愈发顺手，在公司里又干了几年后，洛洛辞了职，用她积攒多年的钱开了一家公司。

公司刚开创时，洛洛亏了不少，挺过了一阵困难的日子后，她的公司才渐渐有了盈余。一路艰辛，洛洛却从未放弃。现在，洛洛的公司办得越来越红火。

前不久,洛洛接受了一个电视台的采访,记者问道:"众所周知,开公司是件特别难的事,我想问一下,究竟是什么让你一直坚持到现在。"

洛洛想了很久,她说:"我一直相信,不公平是一个可以逆转的命题。就算经历再多的艰难险阻,我也要靠着自己的努力,一步步达到我想要的顶点。"

在这个世界上,公平是相对的。或许你看到了很多不公平,但是只要你够努力,肯上进,不怕困难,努力生活,你的付出和得到会越来越成为正比,也会把生活活成你自己想要的样子。而原本的不公平都只是为考验你而存在的。

成功就是要踏踏实实走好每一步路

生活中，有些事情急不来。因为急躁只会让人在慌乱的情况下，做出错误的判断。正所谓，病急不能乱投医，要对症下药方能痊愈。人生也是一样，踏实做事，沉稳做人，才能走好你人生中的每一步路，实现一个个小目标，获得人生的成功。

猫猫的工程停业那天，我在城西的一家小酒吧找到了喝得烂醉如泥的她。

我背着她回家，路上她吐了好几次，人才渐渐清醒。快到家门口，我听见她在哭："这一次，我真的什么都没了。"

我家和猫猫家相邻，小时候，猫猫的父母都在外打工，怕没人照顾她，就将她托付给了我母亲。

于是，我和猫猫从小一起长大，情分比亲姐妹还要深。

猫猫人虽然善良，但性格过于急功近利，做事总是急于求成。

上初中的时候，猫猫没什么朋友，但她很喜欢她们班上的一个叫钟欣的女生。

钟欣长得漂亮精致，气质温婉动人。一头长卷发让她看上去很可爱，很受其他同学喜欢。

猫猫一直想和她做好朋友，可接触了几次她们也只是点头问好的关系。

猫猫不满于现状，为了尽快拉近距离，她采取了最直接也最有效的方法——她开始给钟欣送礼物。学生的情谊有时候也是来得容易。果不其然，不到一周，钟欣和猫猫关系开始变好，有时候钟欣还主动约猫猫玩。

自那以后，两个人整天都玩在一块，一副好姐妹的模样让班里的其他同学羡慕不已。对此，猫猫很高兴，每天像吃了蜜一样。

随着猫猫和钟欣的关系越来越好，钟欣要求的也就越来越多，猫猫逐渐满足不了钟欣的愿望，便拒绝了钟欣几次。

即便这样，钟欣也没表露出任何不满。猫猫心里过不去，便对钟欣更加关心，简直称得上任劳任怨。

猫猫一直以为钟欣也当她是最好的朋友，可直到有一天，她发现周围的同学都不愿意和她多说话。猫猫觉得奇怪，就问了别的朋友，这才得知，原来是因为钟欣。钟欣从来没有真心对待猫猫，接近猫猫只不过是因为猫猫会给她买她想要的东西，她还对其他同学说猫猫的不是之处。自从猫猫不给她买礼物后，她也并不是那么不在意，而是到处造谣，说猫猫不爱干净，几天也不换一套衣服。更严重的是，钟欣还污蔑猫猫，说猫猫老是喜欢偷别人的东西。

一开始，大家也不大愿意相信，可钟欣说得有声有色，平日里又最讨人喜欢，再加上钟欣和猫猫看起来关系那么好，应该对猫猫是知根知底的，而且猫猫身边的朋友少，大家也都不了解她。于是，他们便渐渐开始相信钟欣的话。

这事闹到了校长那里，学校的领导几次三番打电话给猫猫的父母，希望他们能多加管教，害得猫猫每次都会被父母骂一顿。

猫猫觉得委屈，那段时间几乎不怎么与人沟通，憋了好久她才找到平时很照顾她的老师，把这些事都告诉了他。老师虽然相信她，但这种事毕竟没有什么证据可言，每个人都有每个人的想法，众口难堵。

老师帮不了猫猫，他告诉猫猫："其实你从一开始就把自己放错了位置，友情是需要在相处中培养的，而不是用钱就能买到。"

猫猫后来还是按照家里的意见转了学。顺利升入高中后，她有了心病，害怕和同学交朋友，所以也不再住宿。

高二上学期，猫猫的成绩跟不上大家的进度，经常是班上倒数的前几名。为此，猫猫每天都看书看到凌晨，还听了班里学霸的话，花了一大笔钱找了各种辅导培训班。

猫猫在培训班上投入了太多的精力和财力，自然也抱了不少厚望。

然而事与愿违，这样坚持了半年，猫猫的成绩不仅没有上去，反而还有后退的迹象，她感到失望极了，以为自己的水平就这样，不愿再用功学习，上课听讲也不再专心，放任自己堕落。

猫猫的萎靡状态被班主任看在眼里，在一次模拟考试结束后，班主任把她叫到办公室里。

在了解到猫猫的状况后，班主任让她把外面的培训班都退掉，他说，学习不能急，要细学、精学，不能为了达到效果而囫囵吞枣。

班主任告诉她，学习最重要的是基础，基础都没打好就接受更难的课程，只会让人学得更累。

之后，班主任每天都会抽一段时间，帮猫猫补习。在班主任的帮助下，她逐渐找到了学习的正确方法，成绩才终于开始往上爬。

第6章 爱得美好，活得精致

高中毕业后，猫猫上了一所还算不错的二本大学。在大学里，猫猫为了争取奖学金，也为了以后走入社会时的履历能更漂亮，而加入了学生会。

她想竞争一下学生会主席，因此报了好几个社团，为了学生会的事忙前忙后。

第一年她没有被选上。第二年她下了更大的苦功，还送礼物给好几个评委，才如愿以偿。

没过几天，猫猫送礼收买评委这事，被人举报到学校教务处。

这样一来，她做不成学生会主席不说，还被全校通报批评，她的档案里也被记了一个大过。猫猫也因此成为校内名人，校园网的贴吧上都在讨论她。

猫猫为了这事哭了很久，辅导员告诉她："学生会主席是有能力的人才能担当的，我相信你有这个能力带领大家变得更好、更优秀，可凡事都讲究规则。不管是什么事，都应该遵守人生的规则，一步步达到自己想要实现的目标，而不是耍些小聪明，只想着找捷径。"

经历过一连串的失败后，猫猫做事变得更加谨慎，但性子上却仍改不了急躁。

猫猫离开学校后，靠着父母的关系，进了一家建筑公司做项目经理。没过多久,猫猫就被手底下的人瞧不起,觉得她是靠关系的空降兵,没有真才实学。

为了在公司里站稳脚跟,猫猫每天都兢兢业业,生怕被人抓到一点儿小把柄落人口实。

几天后,一个开发商找猫猫合作,想建几栋花园别墅,可观的利润让猫猫心动,而这也成了她可以大显身手的好机会。

通过几天的商讨,猫猫和对方签订好合同后便开始动工,别墅建好前的半个月,猫猫收到了尾款。就在她以为自己终于可以扬眉吐气的时候,工程出了问题,她联系的供应商提供的水泥钢筋质量太差,导致房屋坍塌。

事情发生后,猫猫一直不敢相信,因为这家水泥厂是欧莉介绍给她的。欧莉是猫猫进公司以来唯一的朋友,欧莉对她很好,能力又不错,经常在事业上帮助她,所以她从来没有怀疑过欧莉,以至于她甚至没有去实地考察。

所幸,工人们只是受了点儿伤,并没有危及生命。

很快,公司停掉了工程,同时也解雇了猫猫。

因为这件事,猫猫之后一直找不到工作。

雪上加霜的是,面对工人们的高额索赔,她几乎花掉了之前存下来的所有存款,还借了不少外债,才算是彻底摆平这事。

猫猫收拾行李离开公司那天,欧莉来送她。她还是没忍住满腔怒火,问欧莉为什么背叛她。

欧莉表情突变:"我在这个公司干了七年都没升到经理,凭什么你一来就能坐上我梦寐以求的位置。"

自从这件事以后,猫猫渐渐学会了反省,她没有再接受任何人的帮助,独自去了一家文化公司做助理。

带她的上司人很好,也教会了她许多,让她慢慢明白这世界向来没有捷径可走,想要成功就要在踏实走好每一步路的基础上,一步步接近自己想要的理想人生。

第二年,猫猫凭着积累的经验成功升职成总监,而这次公司里再也没有一个人提出异议。

在公司的一次年会上,猫猫作为公司的金牌员工,在所有员工面前进行演讲。

她将自己的经历讲给新人听,并告诉他们:"成功就是踏踏实实做好每一件自己应该做的事情。要在不断完善自我价值的同时,警诫自己切勿急功近利。因为只想着走捷径的人,做事只会事倍功半,永远都得不到进步。"

后来,我也从猫猫的经验中得出一个结论:无论是处理人际关系,还是做工作,能把每一件事都做好,就是真实有效的成功。

主动出击也许会有意想不到的收获

生活就像一场投资,既有成功的可能,也有失败的风险。人人都喜欢坐享其成,不用辛苦劳作就能有所成就,但人生没有不劳而获。我们不能被动地等待幸福的来临,那样只会让自己停滞不前。努力争取自己想要的成功,才会得到意想不到的收获。

十月的某一天,整个办公室里都是敲击键盘的声音,而此时,我却听到同事小艺的叹息声。

过了一会儿,她告诉我她有一个很喜欢的人,因为不知道他的想法,所以一直不敢告白。可是她刚知道有别的女生也在追他,所以觉得自己已经没有机会了。

小艺说这些时,连妆正巧也在旁边,她把自己和覃深的过往都说给了小艺听，还告诉她，有些事，你不去尝试，便永远不知道结果会是如何。

连妆是我大学时的舍友兼闺蜜，她总是习惯性地依赖别人，被动地接受发生的一切事物。

连妆习惯安稳。

大三的时候，我们寝室的同学已经陆陆续续地出去找工作，有正在找的，也有找到工作和公司签订了就业协议的同学，连妆却什么都不干。

毕业前半年，学校开始公布本科毕业论文的选题和相应的指导老师，连妆嫌麻烦，和我选了同一个老师。可刚好那段时间，我已经找到了工作，每天都忙得不可开交，尤其是我是忙里抽闲准备的论文，所以并不是什么都和她交流的。

就在我和寝室里其他几个人都忙得热火朝天的时候，连妆却整日都待在寝室里，她不写论文，也不去找指导老师交流，整天不是睡觉就是看小说，小日子过得很惬意。

"生于忧患，死于安乐。"不久后，导师向她发出了警告。听说后，我赶紧找她一块去导师那边说了情，开始让连妆每天去图书馆查阅资料，找论文素材。

顺利从大学毕业后，连妆进了一家出版公司，做图书策划编辑。刚进公司时，连妆安安稳稳地工作，偶尔出点儿小差错，却算不上是大过。正因为如此，一年下来，连妆的成绩并不突出，在公司只是一个不起眼的编辑，正常打卡上下班就可以。

转折是在第二年出现的。那一年，连妆的公司新来了个经理——覃深。

覃深是连妆大学时就暗恋的人。那时，覃深还是院里有名的高才生，而且颜值高，活脱脱的偶像剧男主出身，身后还跟着一大批爱慕他的人。连妆在校报上看到了覃深的文章，从此便对他迷得无法自拔。她各处打听覃深的消息，给他买小礼物，还偷偷地跟在他身后，把他送回家。那时，只要看着他的身影，连妆都觉得满足。

她也想过对覃深告白，可又怕失败了连朋友都做不成，始终不敢迈过那一步。于是，她想了许久，还是决定放弃他。连妆逼着自己不看覃深写的东西，不再关注他的消息，想要把他从生命里完全剔除。毕业后，他们再也没有见过面。

覃深进公司的第一个星期，就把连妆从原来的组里移了出来，安排到他手底下做事。

跟着覃深做事，连妆怎么都觉得别扭。面对自己喜欢的人，连妆想要在他面前表现出最好的一面。可每次她偷懒的时候，都刚好会被他捉个正着。

被抓的次数多了,连妆就开始恢复本性,该吃吃,该喝喝,把手头上的工作做完,其他的什么也不管。

就在别人都想破头要升职,每天忙得像陀螺一样,恨不得立马就做出一番成绩出来时,连妆还是停在原地,怎么都不肯前进。

有一天,覃深问她,有没有梦想。连妆摇头,顿时感到一片迷茫。

覃深见她眼神呆滞的样子:"那你就没有自己想要过的生活吗?"

听完覃深的话,连妆才认真地梳理了自己内心里真正的想法。连妆其实也想过自己以后要过什么样的生活,而她又应该怎么为之努力,可想象始终只能是想象。

从小,连妆就很少遇到什么挫折,她家里人都宠着她,什么事都是考虑好了再让她去做,以至于她从来都没有想过,应该主动去做些什么。

连妆告诉覃深,她不愿意主动,也不过是因为,她不够自信,害怕努力后得到的结果还不如停在原地。

说完这些话,连妆忽然觉得自己轻松了许多,她很讨厌这样的自己,可安稳太久,让她没办法下定决心去改变。

那天，连妆和覃深讲了很多，把她的想法全部告诉了他。自那以后，覃深就常常帮她，做什么事情也愿意给她机会。

刚开始，连妆不习惯这样的改变，还有些抵触。然而，时间久了，她居然也开始尝试着去为自己的生活，主动去做一些事情。

她利用休息的时间，挨家挨户地询问，调查市面上的哪些电影题材比较热门。她依照自己所做的热门排行榜，将自己手底下的作者出版的书，改编成剧本，被覃深带着一起和电影公司进行交流、谈判，想要将书拍成电影。

在这期间，她也经历过多次的失败，让她忍不住想要退缩，但每一次都被覃深硬拉回来。好在，连妆的努力是有成果的，一家电影公司看中了她给的剧本，决定和他们合作。通过一系列的交流，从拍摄的细节到人员的选择都决定完毕后，电影终于得以开拍。

那一部电影上映时，连妆有史以来第一次收到了公司给的额外奖励，她拿着钱请我和覃深吃了一顿大餐。

爱情真的可以改变一个人。至少，你愿意为他尝试着变得更好。

在尝过了第一次的甜头后，连妆变得愈加勤奋，事业上也是屡有突破，光是剧本已经签出去了好几本。事业上有了长进，连妆和覃深的关系，却一直没能更进一步。在一番思考后，她有意与覃深交往，在爱情中变得勇敢了一些，两个人之间的关系虽然没有说破，可彼此心知肚明。

就在连妆终于忍不住想要和覃深告白时，正好撞见有人对他告白。她躲在角落里，听到覃深说他已经有喜欢的人后，骤然失去了勇气。

连妆不再和覃深亲近，两个人的关系又变得冷淡起来。直到有一天，覃深在门口堵住了连妆，问她为什么躲他。连妆没有回答，见她低着头一言不发的样子，覃深才失望地走掉了。

看着覃深的背影，连妆心乱如麻，她不知道该怎么办，也摸不准覃深的想法，便找我出来商量。

连妆在我这里待了几天，她想了很久，想要给自己一次机会，才咬牙向覃深说出了自己的心意。原本，她以为覃深会拒绝她，没想到覃深却忽然抱住了她。

上大学的时候，覃深是以学业为主的，没有想过其他的事情。可忽然有一天，他感觉到身后一直有人在跟着他，等他进了家门后，曾偷偷望过连妆一眼，看着她盯着墙傻笑的模样，只觉得好笑。覃深发现连妆跟了他好几个月，不知道什么时候，他也对她上了心。

覃深什么都好，可对感情这回事，却很胆小。等他想要和连妆再进一步时,她却莫名地开始躲着他。

毕业后,覃深向人打听到连妆所在的公司,便想尽办法和她共事,还把她安排在离自己近的地方,不过是想要接近她。

有女生向覃深告白的那天,他原本想要拒绝,只是他刚好看见了躲在角落旁的连妆,便故意说起,他已经有喜欢的人了,想以此来刺激连妆,看她到底喜不喜欢他。结果没想到,连妆却离他越来越远。

连妆和覃深结婚的那天,我看着他们互相依偎的身影,不禁有些庆幸,两个相爱的人,差点儿彼此错过。

幸好,连妆的坚持换来了她想要的结果。

所以,如果喜欢,如果渴望爱情,何不勇敢表白,主动出击,自己的幸福自己去争取,把握好自己的机会。因为很多人,一个转身就错过了,也许从此就错过了一辈子。

别为省钱去买打折的人生

很多时候,尤其是成年之后,我们不得不一次又一次对生活妥协,日复一日地做着重复的工作,业余最大的消遣就是玩手机。下班后太累,常常没有工夫去锻炼,身上的每一层赘肉都在诉说着曾经的放弃。我们平庸无趣地生活着,好像死在了二十岁到三十岁的这个年纪,往后的日子只是不断重复现在的生活,我们被生活锤炼成了对生活不抱多大希望的小人物,被动地上演着心酸和无奈。

对于一些女人来说,尽管幻想着身边会出现一个阳光明亮的人,带自己去数遍生命中的路牌号,却只能在父母的催婚、世俗的压力下,匆匆找一个条件相当的人度过余生。

所谓"女怕嫁错郎",女人一旦嫁错,人生的苦日子就算是开场了。所以对于现代女性来说,很多人都不愿意将就过,不愿意随便就找个人嫁了。

我和小贾、茉莉三个人聚会的时候,小贾一直都在向我俩抱怨,她才刚刚结婚没多久,丈夫就嫌她老气,总是掐着手里的钱过日子。她丈夫觉得这场婚姻太无趣,并不是他想要的日子。可小贾却一直都在强调,我省钱过日子,无非也就是想把这个家经营好,他怎么就不明白呢?

对于小贾的这种说法,我并不能赞同,经营家庭是需要一定的经济基础,也需要两个人互相理解配合,可若是要掐着钱过日子,降低原本的生活质量,为何不想办法多赚钱,维持原本的生活质量,再攒钱呢?

茉莉和我的观点基本上相同,她对小贾说:"不要对自己那么苛刻,你只有对自己好,别人才会重视你。打折回来的幸福,那根本不是幸福。"

小贾对我俩的观点并不理解,茉莉讲述出了她亲身经历的事情。

茉莉曾经是一个视钱如命的人。和拜金女不同,她是十足的守财奴,一分钱都要掰成几瓣花的那种女人。因为这样的性格,她让自己错失了很多东西。

第6章 爱得美好，活得精致

茉莉没结婚前，家里条件就不是很好，念书时候的学费都是父母东拼西凑出来的。上班后，茉莉开始学理财，赚到手的每一分钱她都要谨慎使用，久而久之，她的节俭成了生活的一种习惯，不舍得给自己花钱，更别提会给别人花钱，于是在别人的眼中，她就是那个"抠门"的人。

在校期间，茉莉铁公鸡的形象就已深入人心，这样的她几乎没有什么朋友，毕竟大家都不喜欢和斤斤计较的人在一起玩。刚刚步入社会时，茉莉努力地想和公司的同事成为朋友，也尽量改变自己抠门的形象，以至于大家虽然都知道茉莉爱财，可看在她为人真诚、勤快又好说话的分上，也都过得去。那时候，把她当成好朋友的，也只有艺馨。

艺馨和茉莉同住公司宿舍，她人长得甜美，爱笑，穿着打扮十分时髦。令众人诧异的是，艺馨对她比对谁都亲近，让人着实捉摸不透。毕竟，同艺馨相比，茉莉显得过于平凡。

茉莉跟着艺馨认识了很多人，灿单是艺馨朋友圈里，唯一一个对她好的异性朋友。在茉莉眼里，灿单长得还不错，说话又幽默。于是两个人相处了一段时间，茉莉觉得自己对他有好感，便鼓起勇气向他说明自己的心意。令她惊讶的是，灿单竟一口答应了。

公司公费组团出去旅行，工作人员还能携带家属，茉莉邀请灿单一起参加，灿单并没有拒绝。游玩时有一个景点需要另外付费，茉莉不想再破费，拉着灿单从人群中退了出来。

大家都兴致勃勃地往前冲，只有茉莉和灿单站在外面，两人的身影格外显眼。一些人看不过去，就说茉莉不合群，说灿单小气。灿单觉得丢了面子，甩开了她的手，跟着大部队进了景点。

茉莉一个人在外面等了许久，也没有见他出来，就买了一张票跟了进去。见她进来，旁人的脸上都是嘲讽，就连灿单都对她不怎么搭理，恨不得离她远远的，还说要和她分手。茉莉求着哄了半天，都没能挽回他。

回去后，灿单真的和茉莉分了手，拉黑了她的电话、微信、QQ。茉莉害怕真的失去灿单，想找艺馨替自己说说情。刚刚走到寝室门口，就听见灿单的声音，透过门缝，茉莉看到灿单紧紧抱着艺馨。艺馨抬头发现茉莉，不慌不忙地推开了灿单，她告诉茉莉，她原本就不是真的想和茉莉做好朋友，只不过美人都是需要有陪衬的，茉莉就是她选中的陪衬，和茉莉走在一起，能大大地满足她的虚荣心。

灿单原本也是喜欢艺馨的，可他总是吸引不到她的视线。后来，他发现和茉莉在一起的时候，艺馨才会拿正眼看他，就主动接近茉莉。可那时，艺馨已经有了男朋友，再加上她对他没有什么特别的举动，灿单一时心灰意冷，就接受了茉莉提出来的交往要求。直到刚才，他知道艺馨要和男友分手了，就向她表白了。艺馨对灿单并不讨厌，顺势接受了他。

茉莉从寝室躲了出去，她不想看到他俩的样子，就窝在家里喝酒。等她回单位后，从同事的口中得知，灿单和艺馨办了离职手续，听说是要赶着回去结婚。

茉莉为了摆脱过去的影响，跳槽到我现在的公司。

茉莉依然是该省的钱不会浪费一分。不过，好的一点是，她对自己没那么抠了，部门里组织去游玩，她也不会那么吝啬，还会主动邀几个年轻的实习生一起玩。

后来，家里亲戚给茉莉介绍了陆丰，俩人很快就谈起恋爱了。在茉莉的眼中，陆丰很踏实，对她很是照顾。与和灿单在一起时的刺激浪漫相比，陆丰给她的更多是沉稳安定。两个人谈了一年，便结婚了。

结婚第一年茉莉就有了孩子。陆丰和茉莉都是工薪阶层，陆丰的家里还欠着一套房子的贷款，再养个孩子日子就过得紧巴巴的了。茉莉精打细算的生活又开始了，每天工作都累得不行，拿了工资也不舍得花，全都存下来给孩子买必需品。夫妻在一起，总会为一些鸡毛蒜皮的小事吵得不可开交。吵完了，两人又搭伙继续过日子。茉莉和陆丰的感情有点儿勉强，没有多少有效沟通。

一次陆丰朋友请吃饭，陆丰带了茉莉。经过商店的时候，茉莉看到了一件很漂亮的衣服，她本想买回去给孩子穿，却和店员因为价格的问题争执起来。俩人的声音都比较大，引来了不少的行人围观，让陆丰感到没有面子。那次，陆丰没有和朋友一起吃饭，而是拉着茉莉回家，大吵了一架。

夫妻俩的价值观出现了问题，茉莉并没有及时和丈夫沟通，愈加演变成了婚姻的不幸。

不久，茉莉发现陆丰在外面和别的女人有暧昧，她经常看到他背着她和别人打电话，手机、微信都换了密码，手机更是上了锁。茉莉忍不住向陆丰摊了牌，以为他会有改观，没想到他只是一副无所谓的表情说，那个女生不仅比莉莉漂亮，还年轻。他说："你整天就知道在网上淘便宜货，还总不打扮，让我在兄弟面前都抬不起头。"

茉莉觉得委屈，她不过是为了家里好，家里用钱的地方多，她总希望能省一点儿是一点儿，可陆丰一点儿都不体谅她。家庭生活中，夫妻共同的价值观很重要，当初她并没有想到会与本分的陆丰因为"省钱"出现裂痕。

陆丰忍受不了茉莉的抠门，提出了离婚，茉莉不同意，陆丰便搬出了家，和她分居了。从那之后，陆丰几乎就没有回过家，茉莉带着孩子一个人过日子，心态也有了改变。她开始买漂亮的裙子打扮自己，偶尔也会出去旅游散心。半年下来，她整个人就像是年轻了十几岁，她的改变让陆丰回家的次数开始增多。最后，她成功地捍卫了自己的婚姻。

只有懂得努力改变自己的女人，才会把生活过成诗，把以前经历的困难转化成美好的生活。

纵观身边那些活得越来越漂亮的姑娘，可以发现她们都有一个共同点：对生活永远保持热忱。有人不愿意将就着吃外卖，每天早起一小时给自己准备丰盛而又健康的午餐便当。有人不愿意对自己的赘肉妥协，每周坚持至少三次以上的瑜伽课。有人不愿意与讨厌的工作终身为伴，选择从零开始踏入完全陌生的领域。真正做自己喜欢做的事，才能拥有幸福的人生。

我们要的不是"凑合过日子"，而是"按自己的意愿去生活"。王尔德说过："爱自己，是终生浪漫的开始。"努力活出自己想要的样子，才是给自己最大的宠爱。愿你余生不再为省钱而过生活。

不论是富裕或是贫穷，每个人对于生活的条件，都有自己的选择。如果连自己都认为自己不能过得更好，只能凑合着过日子，又哪有动力为自己而打拼？所以，不论何时，请相信你配得上更好的生活。

后记　我们正年轻，无忧亦无惧

写完这本书是在凌晨的三点钟。

我打下这些字，其实已经困得不行，但依然有很多话，想要在结尾里告诉你们。

这本书是我的第一本，写作过程中有多艰难，大概只有写过的人才懂。每一个故事，每一个人物，每一句话，都是我揣摩了无数遍，才敢敲在文档里，呈现在你们的面前。

有许许多多的感谢，感谢静静师父的指导，也感谢木木"同学"帮她愚钝的闺女进行的细致到每一个字的修改，感谢出版过很多作品的学姐对我的督促。要感谢的人太多，最重要的是感谢现在正在读这本书的你们。

抛开作者的身份，我其实是一个很普通的女生，会偷懒、会拖稿，一边坚信着拖延症毁一生的人生理念，一边继续保持着为懒惰而生的阿Q精神。

在写这本书的过程中,我也经历了很多感动或者欢笑,也曾在写其中的某一篇文时,深陷在故事里无法自拔,哭着对人说,我走不出来。在那一刻,我记得他们的对话,记得他们的眼泪,记得他们付出过的所有的爱。因为那么浓烈的爱,所以得到或者失去,反而就不那么重要了。至少他们就在我心里,陪着我哭,陪着我笑。

我见过他们年轻、意气风发的样子,也看过他们满脸皱褶、缓慢老去的场景。他们不断地分离又再相遇,爱过却又离开。年少的他们,经受过这世界的伤害,被嘲笑,被讽刺,却还是一如既往地坚强。他们为了生活不断奔波,为了爱,放弃所有。他们屈服于社会,却还拼命地找回自己,只是为了不忘初心,不负真我。而我自始至终都认为,他们也是我们。

我一直很喜欢一句话:"我已亭亭,不忧亦不惧。"

因为年轻,所以不害怕接受任何挑战。

我的故事虽然讲到了这里,但于我而言,它并没有结束,我会带着关于他们的所有记忆,继续写下去。

也希望看到这本书的你们,岁月静好,长乐无忧。